도마뱀

도마뱀

요시모토 바나나

김옥희 옮김

민음사

차 례

신혼부부 ● 7

도마뱀 ● 23

나선 ● 55

김치꿈 ● 69

피와 물 ● 91

오카와바타 기담 ● 115

후기 ● 163

옮긴이의 말 ● 167

신혼부부

나는 딱 한번 전차 속에서 매우 위대한 사람을 만난 적이 있다. 상당히 오래전의 일이지만 기억은 선명하다.

아쓰코와 결혼하고 한 달쯤 지났을 때다. 아직 28살이 었던 나는 몹시 취해 있었다. 내려야 할 역은 벌써 지나 친 상태였다. 늦은 밤의 그 전차 칸에는 나를 포함해서 4명밖에 없었다.

집에 돌아가고 싶지 않아서 미처 내리지 못했다. 조금 전에 나의 취한 시야에 내가 내려야 할 역의 낯익은 플 랫폼이 천천히 다가와서 딱 정지했었다. 문이 열리고 신 선한 밤바람이 들어왔다. 그리고 다시 문이 닫히고, 마치 영원히 잠겨버린 듯이 꽉 닫힌 후 전차는 천천히 달리기 시작했다. 익히 알고 있는 네온이 차례차례 사라져갔다. 그런 모습을 앉은 채로 가만히 바라보고만 있었다.

잠시 후 어느 역에서 그 노인이 탔다. 일정한 거처가 없는 노숙자인 듯 입은 옷은 너덜너덜하고 머리와 수염은 자라서 딱딱하게 엉겨붙어 있었고 묘한 냄새를 풍기고 있었다. 나를 제외한 세 사람은 살그머니 마치 서로 신호라도 주고받은 듯 양 옆 차량으로 이동했다. 나는 미처 움직이지 못하고 전차 한가운데쯤의 자리에 듬직하게 깊숙이 주저앉은 채로 있었다. 그다지 대수롭지 않게 생각했고 그런 유별난 반응을 노골적으로 드러내는 사람들에 대해 약간의 혐오감을 느꼈을지도 모른다.

노인은 어찌된 일인지 일부러 내 옆에, 게다가 바싹 붙어서 앉았다. 숨을 멈추고 그쪽을 보지 않으려고 했다.

정면의 창문에 나와 그의 얼굴이 나란히 비쳤다. 두 남자가 바싹 붙어 있는 모습이 어둠에 비스듬히 모습을 드러내는 아름다운 야경에 겹쳤다. 나는 스스로 보기에도 우스꽝스러울 정도로 난처한 표정을 짓고 있었다.

「어째서 집에 돌아가고 싶지 않은 걸까!」

쉬긴 했지만 그러나 큰 목소리로 그가 말했다.

그 말이 나 자신에게 꼭 들어맞는다는 사실을 처음엔 전혀 알아차리지 못했다. 그의 냄새로 사고가 정지되었는지도 모른다. 눈을 감고 잠든 척했다. 잠시 후 그가 나를 들여다보며 다시 말했다.

「돌아가고 싶지 않은 이유는 정말로 뭘까?」

나는 눈을 감은 채로 있었다. 분명 나에게 말을 걸고 있다는 걸 알고 있었기 때문에. 규칙적인 전차의 주행음이 유달리 크게 들렸다.

「내가 이런 모습이라도 돌아가고 싶지 않을까?」

그가 말했다. 눈을 감고 있어도 그 소리의 변화는 확실히 느껴졌다. 마치 테이프를 빨리 감기라도 한 듯이 말하는 도중에 갑자기 소리가 높이 뒤틀렸다. 공간도 같이 뒤틀린 듯이 머리가 어지러워졌다. 그리고 조금 전까지의 끔찍한 냄새가 갑자기 사라지고 뭔가 달콤한……, 꽃 향기 비슷한, 은은한 향수 냄새와 비슷한 향기를 서서히 느낄 수 있게 되었다. 눈을 감고 있으니까 냄새가 보다 분명히 느껴졌다. 그것은 여자의 살내음과 생화가 섞인 듯한 은은하고 맑은……, 유혹에 견디지 못해 보고야 말았다.

그러고는 심장이 멎을 뻔했다.

내 옆에는 어찌된 일인지 여자가 있었다. 당황해서 양 옆 칸을 둘러보았지만, 다른 사람들은 마치 다른 공간에 있는 듯이 멀리서, 이쪽을 보지도 않고, 차량과 차량 사이에는 투명한 벽이 있기라도 한 듯이 모두 조금 전과 같은 피곤한 얼굴로 전차에 흔들리고 있는 것이었다. 무슨 일이 일어난 걸까, 이 변화는 어느 틈에 일어난 걸까, 라는 생각을 하며 나는 다시 여자를 보았다.

새초롬이 앞을 보고 앉아 있다.

국적도 알 수 없다. 다갈색의 눈동자에 긴 갈색 머리. 검은 원피스. 쭉 뻗은 다리에 검은 에나멜의 하이힐. 분명히 내가 아는 얼굴이었다. 좋아하는 연예인이나 첫사랑의 여자, 사촌이나 어머니나 사춘기에 성욕을 느낀 연상의 여자, 그런 〈언젠가의 그 누군가〉와 닮은 듯한 느낌이 들었다. 그녀는 풍만하게 나온 앞가슴에 생화 장식을 달고 있었다. 파티를 마치고 돌아가는 길일까 하고 생각했다. 조금 전까지 여기에는 더러운 남자가 있었는데.

「이래도 돌아가고 싶지 않아?」

여자가 말했다. 향기가 풍길 듯한 달콤한 목소리로. 그래서 이건 술에 취해 꾸고 있는 악몽의 연속이라고 생각하려고 했다. 더러운 노인에서 미인으로, 미운 오리 새끼식 변신의 악몽. 뭐가 뭔지 모르는 만큼 눈앞에 있는 것만을 납득할 수 있었다.

「그런 모습이라면 더더욱 돌아가고 싶지 않아지지」

나는 말했다. 여유 있는 말투에 스스로도 놀랐다. 입이 마음대로 마음을 열어버린 것 같은 느낌이었다. 전차는 또 역에 정차했지만, 어찌된 일인지 이쪽 차량에는 아무도 타지 않았다. 양 옆 차량에 띄엄띄엄 올라타는 사람들은 어둡고 무료한 듯한 표정을 하고 있을 뿐 이쪽은 거들떠보지도 않는다. 밤을 빠져나가는, 사실은 먼 곳으로 가고 싶어하는지도 모르는 사람들.

「심술쟁이」

여자는 말했다.

「그런 단순한 것이 아니야」

나는 말했다.

「어째서?」

여자가 내 눈을 들여다보았다. 앞가슴의 꽃이 흔들렸다. 커다란 눈동자에 속눈썹이 촘촘히 나 있는 것이 보였다. 그 눈동자가 깊고 한없이 멀리 느껴지면서 어린 시절 처음으로 보았던 플라네타륨(천체의 운동을 설명하기 위하여 둥근 천장에 별들의 위치와 운동의 모양을 투영하는 장치 —— 옮긴이)의 둥근 천장을 떠올리게 했다. 이토록 조그만 공간에 대우주를 담고 있다.

「조금 전까지 지저분한 영감이었던 주제에」

「어느 쪽이든 무섭지?」

여자는 말했다.

「부인은 어떤 사람이지?」

「작아」

잘도 지껄이고 있는 자신을 멀리서 바라보고 있는 느낌이었다. 너는 마치 참회를 하고 있는 것 같구나.

「키가 아주 작고 머리가 길고 눈이 가늘지. 그래서 화가 났어도 웃고 있는 것처럼 보여」

「현관을 열면?」

분명히 여자는 그렇게 말했다.

「열면 반드시 웃으며 나오지. 마치 의무나 성직(聖職)인 듯이 웃으면서. 식탁에는 꽃이나 과자 같은 것이 놓여 있어. 안에서 텔레비전 소리가 나지. 레이스 뜨기를 하고 있어. 불단(佛壇)엔 항상 새로 지은 밥이 올려져 있지. 일요일 아침에 일어나면 청소기랑 세탁기 소리가 나지. 옆집 아주머니와 더할 나위 없이 밝은 목소리로 잡담을 하고 있지. 근처에 사는 고양이에게 매일 밤 먹이를 주러 가곤 해. 드라마를 보며 눈물짓기도 하고 목욕탕에서 콧노래를 흥얼거리기도 해. 총채로 먼지를 털면서 봉제 인형한테 말을 걸기도 하고. 내 여자 친구한테 전화가 오면 억지로 웃으며 바꿔주곤 하지. 고향의 동창생과 여고생처럼 오랫동안 전화로 수다를 떨며 자지러지게 웃지. 그런 모든 것이 자아내는 그 무엇으로 방 전체의 톤이 한층 밝아져 있는데, 어찌된 일인지 〈으악! 제발 그만둬〉 하고 소리치고 싶어지지. 미칠 것 같아」

나는 지껄여댔다. 여자는 고개를 끄덕였다.

「알지, 알아」

「알긴 뭘 안다고 그래」

내가 말하자 여자는 웃었다. 아내의 웃는 얼굴과는 다른, 하지만 역시 아주 오래전 언젠가 본 것 같은 친숙한 느낌이 드는 웃음이었다. 아직 반바지를 입던 어린 시절 친구와 한겨울에 등교하던 길에 너무 추우니까 춥다고 말하는 것이 바보스럽게 느껴져서 무심결에 서로 웃어버렸던 일이 갑자기 생각났다. 그리고 이제까지의 인생에서 누군가와 그렇게 함께 웃었던 장면들이 몇 가지나 떠올라서 기분이 좋아졌다.

「언제부터 도쿄에 살고 있지?」

여자가 말했다. 도쿄, 라는 단어가 그 입술에서 나왔을 때 이상한 것에 생각이 미쳤다. 나는 말했다.

「잠깐 기다려. 지금 어느 나라 말을 사용하고 있는 거지?」

알 수가 없었던 것이다. 여자는 고개를 끄덕이며 말했다.

「어느 나라 말도 아니야. 당신과 나에게만 통하는 말로 이야기하고 있는 거야. 모든 사람들 사이에 그런 말이 있지. 사실은 그런 거야. 당신과 그 어떤 사람, 당신과 부인, 당신과 전에 함께 있던 여자, 당신과 아버지, 당신과 친구, 그런 사람들끼리만 통하는 단 한 종류의 말이」

「둘만이 아니라면? 어떻게 되는 거지, 그 말이라는 것은?」

「세 사람이 있으면 그곳에 있는 그 세 사람만의 말이, 거기에 한 사람이 늘어나면 또 말은 바뀌지. 나는 죽 이 거리를 봐왔어. 당신도 자수성가해서 그렇게 살아온 사람이지. 그런 사람은 많아서 나는 당신에게 그런 사람에게만 통하는 〈자신과 도쿄와의 거리를 똑같이 여기는 사람〉의 말로 이야기하고 있는 거야. 하지만 만약 여기에 혼자 사는 상냥한 할머니가 앉아 있었다면 나는 그 사람과 고독에 관한 말로 이야기하겠지. 이제부터 여자를 사러 가는 사람이라면, 성욕에 관한 언어로랄지. 그런 식이야」

「그럼 나와 할머니와 여자를 사러 가는 놈과 당신이라면?」

「수다스러운 편이군. 하지만 그렇다면 틀림없이 밤 전차로 실려 가는 각자의 인생에 관한 말을 전세계의 어떤 네 사람이 아니라 지금 여기에 있는 바로 그 네 사람의 분위기로 이야기하겠지」

「그런 걸까?」

「언제부터 도쿄에?」

「18살 때부터. 어머니가 죽고 바로 떠나왔지. 계속 도쿄에 있었어」

「여자와 산다는 건 어떤 거야?」

「눈앞에서 일상적인, 아무래도 상관없는 사소한 일이나 너무도 하찮은 일에 대해 끝없이 이어지는 이야기를 듣자면 기묘한 소외감이 느껴져. 아쓰코와 있으면 그런 것만을 중요시하며 살아가는 여자라는 개념 바로 그 자체와 함께 있는 느낌이야」

언제인가 기억도 나지 않을 정도로 어린 시절에 슬리퍼를 질질 끌며 머리맡을 스쳐 지나갔던 어머니의 발이나 집에서 기르던 고양이가 죽어 울고 있던 어린 사촌의 뒷모습과 같은 것. 응시에 의해서 각인된 영상. 이물질로서의 타자의 친근감이나 따뜻함으로 인한 가슴 설레임과 같은 감촉이다.

「그런 느낌일까?」

「어디로 가는 거지?」

나는 물었다.

「이렇게 전차를 타고 계속 많은 것들을 보고 있어. 끝이 없는 직선처럼 언제부턴가 계속 이러고 있어. 대부분의 사람들은 모를 거야. 그들은 전차라는 것을 아침에 정기권을 보이고 개찰구를 빠져나가 밤에 원래의 역에 돌아오기 위한 안정된 상자라고 생각하지. 그렇지 않아?」

여자는 말했다.

「그렇지 않으면 하루하루가 걷잡을 수 없을 정도로 무

섭고 불안정해지고 말아」

나는 말했다. 여자는 고개를 끄덕이고 말을 이었다.

「실제로 그렇게 하라고 하는 것이 아니야. 모든 건 마음의 문제지. 만일 인생을 전차라는 측면에서만 본다면, 돌아가야 할 집과 계속해야 할 일들을 전차라는 기능과 뒤섞지 않으면, 여기에 탄 사람들 거의 모두가 가방 속의 지갑에 들어 있는 돈만으로도 지금 곧 아주 먼 곳으로 갈 수도 있어」

「그야 그렇지」

「그런 걸 항상 생각하고 있는 거야, 여기에서」

「한가로운 모양이군」

「같은 틀 안에 있는 거야, 여기에 타고 있는 동안은. 어떤 사람은 책을 읽고 어떤 사람은 광고를 바라보고 어떤 사람은 음악을 듣고 있어. 같은 시간 속에서 나는 전차의 가능성에 대해서 생각하는 거야」

「왜 갑자기 미녀로 변한 거지?」

「내려야 할 역에서 내리지 않은 당신과 이야기하고 싶었기 때문이야. 관심을 끌기 위해서 그냥 그런 거야」

자신이 누구와 무슨 이야기를 하고 있는지 제대로 생각할 수가 없게 되었다. 단지 전차는 역에 정차하고 또 밤 속으로 떠나가기를 되풀이한다. 어둠에 휩싸여 자신이 사는 동네는 점점 멀어져 간다.

옆에 있는 건 뭔가 그리운 감촉을 가지고 있다. 태어나기 전에 혐오도 애정도 뒤죽박죽이 되어 공기에 섞여 있는 장소의 냄새. 그러나 그 반면에 접근하기 어렵고 만지면 위험한 것이라는 점도 동시에 느껴졌다. 나는 내심 두려워하고 있었다. 자신의 취기나 광기에 대한 염려가 아니라 보다 본능적인 자기 비하의 감정이었다. 분명히 자기보다 강대한 존재와 마주친 야생 동물이 느낄 법한 무조건적인 도주에 대한 욕구와도 같은 것.

「자기가 사는 역에 이제 두 번 다시 내리지 않아도 괜찮아. 충분히 있을 수 있는 일인걸」

그녀의 말을 멍하니 들었다.

과연 그럴까 하는 생각을 했다. 잠시 침묵이 이어졌다.

나는 흔들릴 때의 소리와 리듬 속에서 조용히 눈을 감고 자신이 살고 있는 역을 마음속에 떠올렸다. 오후에 역 앞 사거리의 화단에 있는 하늘거리는 빨강과 노랑의 이름 모를 꽃들. 그 맞은편에는 책방이 있다. 항상 책을 서서 읽고 있는 사람들이 주욱 늘어서서 이쪽에 등을 돌리고 있다. 그래, 이쪽이다. 나는 아마도 역 건물이 되어서 역 앞을 지긋이 바라보고 있는 걸 거야. 중국집에서 새어나오는 국물 냄새. 일본과자집에 줄을 서서 명물인 찐빵을 사는 사람들. 깔깔거리며 웃어대는 여학교 학생들의 낯익은 교복의 무리가 이상할 정도로 느린 속도로 가로질러 간다. 또 웃음의 물결이 일었다. 그 아이들을 스쳐 지나갈 때 잠시 긴장하는 남자 고교생들. 아무렇지도 않은 아이도 있다. 틀림없이 인기가 있는 아이겠지. 아주 잘생긴 얼굴이다. 완벽한 화장을 한 졸린 듯한 여사무원. 빈 손인 것을 보면 틀림없이 심부름 다녀오는 길이겠지. 회사에 돌아가고 싶지 않은 듯하다. 날씨가 좋으니까. 역의 매점에서 드링크제를 사서 선 채로 마시는 영업 사원. 누군가를 기다리며 여기저기에 서 있는 사람들. 문고본을 읽거나, 길 가는 사람을 쳐다보기도 하고, 기다리던 상대를 발견하고 달려가기도 한다. 천천히 시야에 들어오는 노인들. 어린아이를 등에 업은 어머니. 사거리에 늘어선 여러 색깔의 택시 행렬이 사람을 태우고는 날갯짓하듯 역을 떠나간다. 이 동네, 조금 낡았으면서도 어느 정도 질서 정연한 느낌의 건물과 넓은 도로로 둘러싸여 있는 장소.

이제 두 번 다시 찾아갈 일이 없다고 생각하니 그런 장면들 전부가 마치 오래된 영화처럼 의미 있는 영상으로서 가슴속 깊이 울려왔다. 눈에 비치는 모든 생물이 사랑스럽다. 언젠가 내가 죽어서 영혼만이 어느 여름 밤에 돌아온다면 분명히 세계는 이런 느낌으로 비쳐지리라.

거기에 아쓰코가 다가온다.

한여름의 역 앞을 터벅터벅 걸어서. 그런 헤어스타일은 할머니처럼 보이니까 그만두라고 했는데도 머리를 꽉 잡아당겨서 뒤로 묶었다. 실눈처럼 가는 눈, 제대로 보일지 의심스러울 정도다. 강렬한 햇빛 아래서 유달리 눈이 부신 듯하다. 시장바구니 대신에 커다란 가방을 들고 있다. 역 앞 포장마차의 붕어빵을 먹고 싶은 듯이 뚫어지게 바라본다. 살까? 포기하고 떠나간다. 약국에 들른다. 샴푸가 놓여진 선반을 응시한다. 샴푸 따위 아무거나 마찬가지니까 그토록 망설이지 않아도 돼. 그렇게 진지한 얼굴 하지 마. 주저앉아서 여전히 망설이고 있다. 바쁜 듯이 보이는 남자가 아쓰코에게 부딪힌다. 아쓰코가 약간 비틀거린다. 죄송합니다. 그게 아니지, 어째서 상대방이 부딪쳤는데 사과를 하는 거지. 나에게 하듯이 사납게 대해, 그런 놈에게야말로. 샴푸가 결정됐다. 약국 아주머니와 서서 이야기를 하고 있다. 싱글벙글 웃는다. 약국을 나선다. 가녀린 뒷모습. 1개의 선이 되어서 사라져버릴 것만 같은 왜소함. 천천히 걸어간다. 춤추는 듯한 걸음걸이로 이 작은 동네의 공기를 가득 마시며.

　집 안은 아쓰코의 우주다. 여자는 자기의 작은 분신인 잡다한 물건으로 집을 가득 채운다. 그것들은 하나씩 하나씩 바로 그 샴푸처럼 진지하게 선택되고, 그리고 그녀는 어머니도 아니고 여자도 아닌 그 어떤 얼굴을 하게 된다.

나에게는 그런 것들이 둘러친 아름다운 거미줄은 소름 끼칠 정도로 더러운 것이기도 하고 매달리고 싶을 정도로 깨끗한 것이기도 하다. 부들부들 떨 정도로 두렵고 아무것도 감출 수 없을 것 같은 느낌이 든다. 타고난 마력에 농락당하고 있다. 언제부턴가.

「요컨대 신혼이란 것이군」

여자는 말했다. 나는 문득 정신이 들었다.

「언젠가 신혼이 아닌 세계로 옮겨가게 될 날이 두려운 거지?」

「그래. 아무리 열심히 생각해도 안 돼, 아직 어린아이야. 불안한 거지. 돌아갈게. 다음 역에서 내려서. 술도 깼어」

나는 말했다.

「즐거웠어」

여자는 말했다.

「응」

나는 끄덕였다.

전차는 마치 귀중한 한순간을 소모시키는 모래 시계처럼 조용히 움직이고 다음 역의 이름을 알리는 안내 방송이 흘러나왔다. 우리는 잠자코 있었다. 헤어지기 아쉽고, 아주 오랫동안 여기에 있었던 듯한 느낌이 들었다.

모든 미디어, 모든 건물, 모든 사람들의 위치에서 도쿄를 일주한 것 같았다. 그것은 내가 사는 동네의 역에서부터, 내 생활과 내 인생에 대해서 가지는 사소한 위화감이나 아쓰코의 옆얼굴조차도 포함해서 그런 온갖 아픔을 내포하고 살아가는 생명체의 감촉 같았다. 여기에 있는 모든 사람들이 각자 지니고 있는 무한의 풍경을 이 거리는 깊이 호흡하고 있다.

뭔가 하고 싶은 말이 있어서 옆을 보니 여자는 지저분한 노인네로 되돌아가서 쿨쿨 자고 있었다.

나는 할말을 잃었고 전차는 다음 플랫폼에 배처럼 천천히 소리없이 도착했다. 덜커덕 하고 멈추고 문이 열린다. 일어서서 생각했다. 안녕, 위대한 사람이여.

도마뱀

이 글 속에서 그녀를 도마뱀이라고 부르기로 한다.

그렇게 부르는 것은 그녀의 허벅지 안쪽에 작은 도마뱀 문신이 있기 때문이 아니다.

그녀의 눈은 검고 둥글다. 파충류의 눈, 사심이 없는 눈이다.

그녀는 작고 몸은 구석구석까지 차갑다. 너무나 차가워서 나는 그녀를 내 양 손바닥으로 감싸주고 싶어진다. 하지만 그런 느낌은 병아리나 새끼 토끼에 대해 느끼는 느낌과는 다르다. 감싸고 있는 손바닥에서 꿈틀거리며 위화감이 느껴지는 뾰족한 발로 간지럽히듯 움직여서, 내가 들여다보면 작고 빨간 혀를 내밀고 그 유리알 같은 눈에 〈무언가에게 사랑을 베풀고 싶다〉고 생각하는 내 자신의 초조한 얼굴을 비추어낸다.

　그런 생명체의 감촉이다.

　「피곤해」

　무척 언짢은 목소리로 말하며 도마뱀이 방으로 들어왔다. 얼굴은 보이지 않고 하얀 가운만이 반사되어 보였다.

　시계를 보니 새벽 2시였고 나는 이미 잠자려고 침대에 누워 있었다. 내가 미처 불을 켜기도 전에 도마뱀은 재빨리 나에게 달려들어 안겼다. 그리고 아플 정도로 세게 내 어깨와 가슴 사이에 얼굴을 파묻고 내 잠옷 안으로 그 차가운 손바닥을 집어넣었다. 맨살에 닿는 얼음 같은 그 손의 느낌이 좋았다.

　나는 29살의 남자로 자폐아 전문의 작은 병원에서 카운셀링과 치료를 하고 있다. 도마뱀을 만난 지는 벌써 3년이 된다.

　언제부턴가 도마뱀은 나 이외의 사람과는 거의 말을 하지 않게 되었다. 기본적으로 사람은 사람과 말을 하지 않고서는 살아갈 수 없다. 그래서 나는 내가 그녀의 생명의 밧줄이라고 생각한다.

　그녀는 내 가슴의 뼈와 뼈 사이로 무척 세게 얼굴을 비벼댔다. 언제나 그렇다. 파고들듯이 너무 세게 눌러서 답답할 정도다. 처음에 나는 그럴 때 그녀가 울고 있는 건 아닌가 하는 생각을 했었다.

하지만 그렇지 않았다. 얼굴을 든 도마뱀은 상쾌해진 기분 좋은 얼굴을 하고 있다. 달콤하고 부드러운 눈을 하고 있다.

틀림없이 낮 동안에 쌓인 그 어떤 것들을 토해 내고 있는 것이리라. 베개에 얼굴을 파묻듯이.

그렇지 않으면 피곤한 자신으로부터 의식을 분리시키려고 하고 있음에 틀림없다.

그렇게 생각하고 있었다.

그런데 그날 밤 도마뱀은 갑자기 나의 그런 의문에 답해 주었다.

「사실은 나 어렸을 때 눈이 안 보였던 적이 있어」

고백은 어둠 속에 울렸다.

「그래? 완전히?」

나는 놀라서 물었다.

「그래, 완전히」

「도대체 왜?」

「히스테리성 발작으로. 다섯 살 때부터 여덟 살 때까지 줄곧」

「어떻게 해서 다시 볼 수 있게 되었지?」

「지금 네가 일하고 있는 데와 비슷한 병원의 극진한 간호 끝에」

「그랬군……」

나는 말했다.

「물어봐도 될까? 왜 보이지 않게 되었지?」

꿀꺽 하고 도마뱀이 침을 삼켰다.

「음, 집 안에서 끔찍한 일이 일어났었어. 그걸 보게 되어서……」

무리해서 말하지 않아도 돼, 하고 나는 말했다. 말하는 것이 괴로운 듯했다. 도마뱀의 양친은 건재하시다. 만난 적도 있다. 형제는 없다. 이혼도 하지 않았다. 뭔가 문제가 있었다는 것은 금시초문이었다.

「……그래서 말이야, 아주 어렸을 적에 눈이 보이지 않았기 때문에 뭐든지 살짝 만지는 정도로는 안심이 안돼. 특히 피곤해서 오감이 둔해져 있으면 눈을 감고 세게 누른다거나 꽉 쥐거나 하지 않으면 안심할 수가 없어. 아파? 미안해」

「눈이 보여도 무서울 때는 무서운 거야. 우리 병원에는 그런 아이들이 많이 오지」

「응, 알고 있어」

「결혼하자. 이사해서 둘이서 살자」

나는 전부터 생각하고 있던 것을 충동적으로 말했다.

도마뱀은 내 가슴에 얼굴을 파묻은 채로 꼼짝 않고 입을 다물어버렸다. 그 침묵에 긴장해서 심장이 두근두근

거리는 것이 느껴졌다. 다른 피부에 다른 내장을 감싸고 잠잘 때는 다른 꿈을 꾸는 머나먼 타인을 의식했다.

「비」

도마뱀은 작은 소리로, 하지만 분명히 그렇게 말했다. 그리고 말을 끊었다. 또 침묵했다.

나는 생각했다. 비 그리고 뭐라고 말하려던 것이었을까? 비참해? 비현실적이야? 비합리? 비둘기? 비?

이윽고 내 가슴에 더욱 세게 붙이고 있던 입술로부터 우물거리는 소리가 들려왔다.

「비밀이 있어」

내가 처음으로 도마뱀을 만났던 것은 당시에 다니던 스포츠 클럽에서였다.

나는 거기에서 일주일에 두 번 수영을 했는데, 도마뱀은 거기에서 에어로빅 강사로 일하고 있었다.

묘한 여자가 있구나 하고 눈에 띌 때마다 생각했다.

작고 아주 단단한 체격에 치켜 올라간 눈은 어쩐지 어두운 느낌이어서, 다른 강사의 쾌활함에 비할 때 그 독특한 분위기는 좋고 나쁘고를 떠나서 무척 이질적이었다. 사랑을 느꼈다기보다 우선 하여튼 눈길을 끌었다. 내가 풀에서 나오면 마침 그녀가 스튜디오에서 에어로빅을 가르치고 있는 시각이었다. 아줌마와 아줌마와 아줌마의 육체의 바다 저편에 지나치게 가냘픈 그녀의 몸이 마치 달리의 조각처럼 무리한 자세로 정지되어 있는 듯이 보였다. 너무나 유연하게 움직이고 있어서 모든 자세가 정지된 것처럼 보이는 것이다. 아무리 격렬한 음악이 흐르고 있어도 그녀만이 소리가 없는 세계에 있는 것처럼 보였다.

별 생각 없이 눈여겨보고 있는 사이에 어떤 사건이 일어났다.

그날도 나는 수영을 마치고 스튜디오 앞을 지나가고 있었다. 그녀는 여느 때처럼 거기에 있었고 아줌마들에게 매트 운동을 가르치고 있었다. 나는 주스를 마시면서 무심코 그 모습을 바라보았고 만일 어느 날 갑자기 저 사람이 그만두어 버린다면 따분할 거라는 생각을 했다. 그 당시 나는 어느 유부녀와의 길고 열정적인 연애를 막 정리했을 때인 데다 상대에게 차인 상태였기 때문에 상당히 지쳐 있어서 도저히 사랑에 쏟을 에너지가 없었지만, 도마뱀에 대한 그런 막연한 관심만으로도 자기 안에 뭔가가 싹트는 것을 느꼈다.

비유를 들자면, 기분 좋은 봄날 저녁에 그다지 잘 알지는 못하지만 호감을 느끼는 여성과 만나기로 약속을 하여, 어디로 식사하러 갈까, 어디로 술을 마시러 갈까 하는 생각을 하면서 전차를 타고 있을 때와 같이 들뜬 느낌, 오늘 밤 섹스를 할 수 있을까 없을까는 전혀 생각하지 않더라도 그 사람의 세련된 행동거지, 나를 위해서 두른 스카프의 무늬랄지 코트 자락이랄지 웃음 띤 얼굴 등을 보고 있으면, 마치 머나먼 곳의 아름다운 풍경을 보고 있을 때처럼 자신의 마음까지도 깨끗해진 것 같은 기분이 될 수 있는 느낌, 오랫동안 잊고 있었던 그런 들뜬 느낌이 그때 향기가 풍기듯이 불현듯 되살아났던 것이다.

자, 이제 집에 갈까 하고 막 그곳을 떠나려고 했을 때, 아야…… 하는 외침이 들렸다. 뒤돌아보니 스튜디오 안에서 한 아주머니가 발을 누르고 있었다. 발에 쥐가 났구나 하고 생각할 틈도 없이 도마뱀이 그 사람에게 쓱 다가가서 발을 만졌다. 어스레한 스튜디오에서 음악이 아직 흐르는 가운데 도마뱀은 의사처럼 침착하게 그 사람의 발을 문질렀다. 나에게는 그 모습을 보고 있는 시간이 무척 길게 느껴졌다. 앉아서 팔을 뻗치고 있는 도마뱀이 마치 어둠에 미끈미끈 빛나는 아름다운 조각품처럼 보였다.

그 아주머니는 곧 얼굴에 웃음을 띠게 되었고 도마뱀도 빨간 입술로 생긋 웃었다.

내가 있었던 곳과는 유리로 차단되어 있어 소리도 목소리도 어렴풋하게만 들렸기 때문에 더욱더 이상한 느낌이 드는 장면이었다. 그리고 도마뱀이 다시 일어서며 다리를 뻗을 때 오른쪽 허벅지 윗부분에 작은 도마뱀 문신이 있는 것을 보았고, 그때 나는 온통 넋을 잃고 말았다. 그것이 도마뱀과의 묘한 연애의 시작이다.

확실히 이런 일에 무척 지칠 때도 있다.

환자를 진정으로 도와주고 싶다면 환자에게 동조하거나 공감을 해서는 안 된다. 그렇지만 오로지 동조해 주기만을 강렬하게 바라는 환자에게 파장을 맞추지 않도록 하는 것은 괴로운 일이다. 배가 고플 때 눈앞에 맛있는 것을 두고도 신경쓰지 않으려고 하는 것과 마찬가지로 어려운 일이다.

상대방은 목숨 걸고 동조해 주기만을 바라고 있으니까. 모든 에너지를 그 한순간을 넘기기 위해서 쏟아붓는 것이다.

그러니까 비유해서 말하면 프로급 웨이터가 된 것 같은 의식을 가지도록 한다. 아무리 배가 고프더라도 웨이터는 음식을 나르면서 먹고 싶어해서는 안 된다. 그런 식으로 피한다.

자신이 무엇을 하고 싶은지를 잊지 않도록 한다. 고치고 싶은 거지? 병이 나았으면 하는 거지? 그 기본적인 사실에 항상 의식을 맞춘다. 적당히든 어쨌든 맞춘다. 휘말리지 않도록 한다.

자신이 도와주려고 하고 있는 상대가 협력할 태세를 취하지 않으면 때때로 무척 피곤해진다.

지금처럼 고민이 있을 때에는 더욱이 그렇다.

점심을 먹으면서 도마뱀의 비밀이란 뭘까? 하는 생각만 계속했다. 어쩌면 단지 나하고 결혼하는 것이 싫은 것은 아닐까?

항상 병원에서 조금 떨어져 있는 공원 옆의 메밀국수 집에서 점심을 먹는다. 거기라면 환자와 마주칠 일도 없기 때문이다. 창 밖에는 신록 내음이 나고, 공원은 잔잔히 오후의 햇살을 가득 담고 있다. 벤치에는 영업사원이랑 노인이 햇볕을 쪼이며 한가하게 앉아 있다. 그렇게 보고 있자니 잘 다듬어진, 완벽하게 기능적인 모습에서 인간이란 것의 형태의 아름다움을 깨닫게 된다. 노인도 아이도, 여자도 남자도 모두 나름대로 아름답다. 본래의 기분이 완전히 되살아나서 열심히 일하려는 생각이 든다. 단순히 그런 생각이 든다. 같은 하늘 아래에서 도마뱀도 그렇게 생각하며 일하고 있을까 하는 생각을 해본다.

처음으로 같이 식사를 하자고 한 것은 그녀의 클래스가 끝나기를 기다리고 있던 어느 날 밤의 일이었다.

평상복을 입은 그녀를 보는 것은 그때가 처음인데 지극히 평범한 검정 스웨터와 청바지 차림이었지만 뭔가를 숨기고 있는 것처럼 보였다. 그렇게 에어로빅 옷을 벗어 버리니 특별히 눈에 띄는 곳은 없는 사람이었다.

웃으면 잇몸이 보이고 광대뼈 부근에 주근깨가 있고 화장도 너무 진했다. 하지만 그런 게 문제가 아니다. 도마뱀이 걷고 있으면 그것만으로 뭔가가 있었다.

나는 그녀를 볼 때마다 이유는 모르지만 〈사명〉이라는 말을 항상 떠올린다. 뭔가 무거운 것을 등에 지고 있지만 그걸 어쩔 수 없이 받아들이고 있는 그런 진지함을 느꼈다. 그렇게 느끼는 이유는 나도 모른다. 하지만 그런 점에 끌렸다. 그런 사람이 잇몸을 보이며 벙긋 웃기라도 하면 그건 매우 탄력 있는 진정한 미소라는 느낌이 든다. 미소의 〈의미〉를 발견한다.

작은 일식집에서 식사를 했다. 테이블에 마주 앉아, 다른 손님은 없는 조용한 음식점에서. 그토록 긴장했던 적은 없을 정도로 긴장했다. 도마뱀은 말이 없고 소식가이며 술은 거의 마시지 못했다.

「춤을 참 잘 추더군요」

내가 말하자 느닷없이 도마뱀은,

「하지만 그 일 그만둘 거야. 다음 달로」

라고 말했다.

깜짝 놀라서 내가,

「왜?」

라고 묻자,

「달리 하고 싶은 일이 있어서」

라며 미소지었다.

「뭐지?」

나는 말했다.

「괜찮다면 물어봐도 될까? 무척 재능이 있으니까 아깝다는 생각이 들어서 말이야」

「괜찮아. 있잖아, 침술과 뜸질을 배우는 학교에 다닐 거야」

도마뱀은 말했다.

「뭐?」

나는 더욱 놀랐다.

「도대체 왜지?」

「그 방면에 더더욱 재능이 있다는 것을 알게 됐어. 난, 보기만 하면 그 사람이 어디가 안 좋은가를 알지. 만지는 것만으로 고칠 때도 있어. 그런 능력을 키우려고 생각해서」

「그런 재능도 있었구나」

「그래」

디저트로 나온 아이스크림을 먹으며 그녀는 담담하게 말했다.

「몸을 써서 밖을 향해 계속 표현하는 것보다도 안에

있는 것을 밖으로 밀어내지 않으면 갈증은 해소될 수 없다는 걸 알게 됐어. 지금까지 나는 격렬하게 움직여서 간신히 자신을 지탱해 왔지만 다른 방법을 찾아보려고 생각했지. 벌써 서른셋이기도 하고」

「뭐? 서른셋?」

스물다섯 정도일 거라고 생각하고 있었다.

「그래. 분명히 너보다 연상일걸」

도마뱀은 웃었다.

헤어질 때 역 근처에서 도마뱀은 나에게,

「식사에 초대해 줘서 고마워」

하고 말했다.

「난, 친구도 없고. 부모하고도 거의 말을 하지 않고. 남에게 자신에 대해 이야기하는 것이 무척 오랜만이라 너무 수다를 떤 것 같아」

밤의 어둠, 길 가는 사람들. 밤바람, 빌딩의 창. 전차 소리. 멀리서 들려오는 듯한 발차 신호 소리. 치켜 올라간 눈을 가진 도마뱀의 맑은 표정.

「또 만나줘요」

라고 말하며 그녀의 손을 잡았다.

아무래도 아무래도 만지고 싶어서, 미칠 정도로 더 이상 어쩔 수가 없어서. 그녀의 손을 만질 수만 있다면 뭐든지 하지요, 신이여.

그렇게 생각했다. 그런 생각으로 손을 잡았다. 자연스럽든 부자연스럽든 상관없다. 그렇게 하지 않을 수가 없었다. 생각이 났다. 사실은 그랬다. 그럭저럭 서로 마음이 있는 두 사람이 있어 별 생각 없이 약속을 하고 밤이 되어 먹고 마시고, 어떻게 할까 생각하다가 오늘쯤 해도 된다고 서로가 암묵의 타협을 한 그런 것이 아니었다. 그저 만지고 싶어서, 키스를 하고 싶고 껴안고 싶어서, 조금이라도 가까이 가고 싶어 견딜 수가 없어서 일방적으로든 아니든 눈물이 날 정도로 하고 싶어서, 지금 곧, 그 사람하고만, 그 사람이 아니면 싫다, 바로 그런 것이 사랑이었다. 생각이 났다.

「그래, 또 만나」

그렇게 말하며 전화번호를 가르쳐주었다.

뒤돌아보지 않고 역 계단을 올라갔다. 뒷모습이 인파에 묻혀 사라진다. 돌아가버린다. 이 세상이 끝난 듯한 상실감이 일었다.

도마뱀은 학교에 다녀서 자격증을 땄다.

그리고 재학중에 그녀의 재능을 인정해 준 기공사의 제자로 들어가서 반 년 동안 중국에 유학한 후 귀국해서 자그마한 치료원을 차렸다. 솜씨가 좋아 환자가 많아서 종업원도 고용했다.

매일같이 일본 전국에서 그녀에게로 환자가 몰려온다. 중병인 사람이 많다. 소문을 듣고 지푸라기라도 붙잡는 심정으로 온다. 아무리 바빠져도 그녀의 치료 능력은 감퇴하지 않는다. 다만, 말수만은 점점 줄어갔다. 딱 한번 장난삼아 가본 그곳은 방 하나짜리 아파트로 침대는 한 개밖에 없고 병에 걸린 사람들이 조용히 줄을 지어 긴 의자에서 기다리고 있었다. 돌팔이가 아닐까 생각될 정도로 보잘것없는 치료원이었다. 하얀 가운을 입은 도마뱀이 조용히 그 안을 걸어다니고 있다. 이상한 느낌이었다. 도마뱀은 상냥하게 말을 거는 것도 아니고 붙임성이 있는 편도 아니다. 그러니까 증상이 가벼워서 절실하지 않은 사람은 다시 오지 않게 된다. 하지만 다른 곳에서 버림받아 여기로 흘러들어와 통증으로부터, 고통으로부터, 불안으로부터 해방된 중증의 환자가 치료실에서 나와서는 곧 눈물이 쏟아질 듯한 눈으로 도마뱀을 쳐다본다. 일어서지 못했던 사람이 도마뱀의 부축을 받아 걸어서 병실을 나오면 같이 따라온 사람이 감탄의 소리를 지른다. 도마뱀은 살짝 미소를 짓고는 다음 사람을 치료하러 가버린다.

정말로 열심이로구나, 하는 생각이 들었다. 고치고 싶은 거다. 그것뿐이다. 진정으로 재능이 있어서 감사의 말이나 비위 맞추는 일 같은 것은 중요시하지 않는 거다. 나는 감동해서 그녀를 자랑스럽게 생각했다. 자신이 조금 부끄러워지며 도마뱀처럼 되고 싶다는 생각이 들었다.

　그날 밤 방에서 도마뱀을 기다렸다.

「8시에 갈게」

라는 전화가 있었다.

「피자 주문해 놔. 매운 걸로」

　도마뱀은 배달 피자를 좋아했다. 외식을 싫어한다. 인간은 싫어하지 않지만, 인간을 보고 싶지 않다고 말한다. 이해할 것 같다. 인간을 상대하는 직업은 인간에게 부딪혀서 피곤하다. 대개 우리는 방에서 조명도 어둡게 하고 말도 거의 하지 않는다. 그저 음악만 틀어 놓고 멍하니 있을 때가 많다. 여행도 사람이 없는 깊은 산 속으로 간다. 묘한 교제다.

　8시 반이 지나도 도마뱀은 오지 않았다.

　나는 혼자서 먼저 피자를 먹고 맥주를 마시며 생각했다. 이제 오지 않을지도 몰라…… 하고. 비밀이 있어서, 프로포즈를 받아서, 말할 수가 없어서. 도마뱀의 성격으로 봐서 그녀가 만약 나와 헤어지고 싶다면 오늘 밤 오지 않는 것으로 끝낼 거다. 그렇게 생각했다.

　처음 만났을 때와 같은 감정은 이제 사라졌지만 그래

도 슬펐다. 있어주기를 바랐다. 그런 교제이기 때문에 쾌활함이나 안식 같은 것은 얻을 수 없어서 가끔 병원에 있는 명랑한 간호사에게 순간적으로 끌릴 때도 있었지만 도마뱀을 대신할 만한 사람은 그 어디에도 없다.

절망과 취기에 빠져 있는데 11시가 넘은 시각에 도마뱀이 쿵쿵거리며 문을 열고 들어왔다.

「늦어서 미안」

하고 말하며 내게 기대는 머리에서 바깥 바람의 냄새가 났다.

「안 오는 건 아닐까 하고 생각했어」

나는 말했다. 만약 내가 어린아이였다면 그때 울상을 지었을 것이다.

「망설였어」

그렇게 말하고 도마뱀은 의자에 앉아 식어버린 피자를 버스럭거리며 먹었다.

「데워줄까?」

「괜찮아, 이대로」

도마뱀은 말했다.

「난, 이야기할 수 있는 상대가 너밖에 없어」

「알아. 하지만 환자와 최소한의 이야기는 하잖아? 병은 아니야」

나는 말했다.

「그렇지만 너한테 말하지 않은 것이 있어. 중요한 것을」

「말해 봐」

나는 말했다.

도마뱀은 잠자코 있었다. 그리고 벽을 응시하고 심호흡을 했다. 마치 그림자놀이를 하는 듯한 모습이었다. 유연하게 어둠 속에서 살아가는, 나와는 다른 종류의 생물 같았다.

「내 눈이 보이지 않았던 때가 있었다고 말했지?」

도마뱀은 말했다. 그 일일 거라고 짐작은 하고 있었어, 하고 나는 말했다.

「내가 5살 때 집에 미친 사람이 갑자기 들어와서, 뒷문으로 갑자기 말이야, 그는 뭐라고 종잡을 수 없는 말을 외쳐대며 부엌에 있던 칼로 어머니의 허벅지와 팔을 찌르고 도망가 버렸어. 난 아버지 회사로 전화를 했고, 아버지가 구급차를 부를 테니까 기다리라고 말했고, 그러고 나서 구급차가 올 때까지의 시간 동안, 죽어가는 어머니 옆에 있었어. 어머니가 죽어가는 것을 알고 무서워서, 정말로 무서워서 필사적으로 상처에 손을 대고 지혈을 시키려고 했어. 그때 나에게 병을 고치는 힘이 있다는 걸 알았지. 영화나 만화에서처럼 피가 멈추거나 상처가 없어지거나 하지는 않았지만, 분명히 손이 빛나는 듯한 느낌이 들었고 어떤 반응이 느껴졌어. 흘러나오는 피의 양이 줄어드는 느낌이. 곧바로 차가 와서 피투성이의 나와 어머니는 둘 다 병원으로 실려갔지. 나는 무서워서 아무 말도 하지 못하고 뻣뻣하게 굳어 있었어. 아버지가 달려오고, 경찰이 오고, 그렇지만 아무 말도 할 수가 없었어. 의사가 출혈이 적어서 기적적으로 살았다고 했어. 제대로 지혈도 하지 않았는데 용케도라고 했지」

나는 잠자코 들었다. 걸을 때 약간 끄는 듯하고, 일어설 때 매우 무거워 보이던 도마뱀 어머니의 오른쪽 다리를 떠올리고 있었다.

「어머니는 쇼크로 한동안 정신이 이상해지고, 나는 눈이 안 보이게 되고, 아버지는 문단속에 병적일 정도로 신경질적이 되어, 우리 집은 엉망이었지. 내 눈이 어느날 갑자기 다시 보이기 시작하고, 어머니가 혼자서 집 근처를 걸을 수 있게 되고, 아버지가 7개 있는 자물쇠를 전부 잠그지 않고도 안심하고 외출하게 되고, 그런 식으로 하나씩 하나씩 회복되기까지 수년이 걸렸어. 암울한 나날이었지. 하지만 난 그때 생명의 비밀을 알게 되었어. 몸으로 깨달았지. 어머니는 당시 나에게 있어서는 우러러보이는 우주와 같았어. 아버지와 싸우고 울기도 했지만, 어머니라는 입장에서만 나를 대하는 안정된 그 어떤 것이었지. 그렇지만 그날 나는 울며 외쳐대고 도망치는 어머니와, 피를 흘리며 쓰러져 점점 〈물체〉로 변해가는 어머니의 모습을 한꺼번에 보고야 말았지. 영혼이 나를 보고 있지 않는다면 몸은 용기(容器)에 지나지 않아. 차를 정비하듯이 몸도 고칠 수 있다고 생각했지. 주의 깊게 바라보면 동네에서도 이제 곧 죽을 사람은 검어. 간장이 나쁘면 간장 근처가 검지. 어깨가 결리면 어깨가 회색. 그런 게 보이게 되었어. 너무 잘 보여서 정신이 이상해지지 않도록 에어로빅을 계속했지만 이제야 겨우 균형을 찾게 되었지. 널 사귄 이후로. 욕구가 충족된 이후로. 그래서 천직에 몸담을 수 있게 된 거야」

「좋은 이야기잖아. 아무 문제 없어」

나는 말했다.

「아직 더 있어. 중요한 것이 한 가지」

도마뱀은 말했다.

「부모에게도 말하지 않은 것이」

그리고 또 입을 다물었다. 오랜 침묵이었다. 그 동안에 도마뱀은 피자를 버스럭거리며 하나 더 먹었고, 바라보니 놀랍게도 눈물을 흘리고 있었다. 도마뱀이 우는 걸 처음 보았기에 나는 당황했다. 그녀한테 무척 힘든 일이라는 걸 알았다.

「참, 범인은? 찾아내거나 붙잡았어?」

나는 물었다. 도마뱀은 멍하니 나를 쳐다봤다. 만약

그 질문을 바로 그 순간에 하지 않았다면 하는 생각을 하면 오싹해진다. 하지만 할 수 있었다. 좋아했기 때문에. 잃고 싶지 않았기 때문에. 아마도 그럴 것이다.

「붙잡혀서 정신 감정을 받고 바로 풀려나 버렸지」

도마뱀은 울먹이며 말했다.

「나, 죽였어」

「뭐?」

나는 소리쳤다.

「네 손으로?」

「아니…… 저주로 죽였어. 안 믿어지지? 하지만 정말이야. 내가 저주해서 죽였어」

「그런 것까지 할 수 있을 줄이야」

나는 말했다. 대체로 그토록 오래 흥분해서 말하는 도마뱀을 본 것은 처음이었다.

「어떻게 해서?」

「매일 매일 기도했을 뿐이야. 그놈이 차에 치여서 죽었으면 하고 말이야. 매일 집 안에서 나쁜 일이나 슬픈 일이 있을 때마다. 그러자 2년째 되는 어느 날 저녁, 석양의 밝은 쪽을 향해서 앉아 있는데 갑자기 그 소망이 이루어졌다는 걸 알았어. 분명히 알 수 있었어. 아, 이루어지는구나. 내 눈도 나을 거야. 그렇게 생각했지. 그놈은 죽을 거라고. 그로부터 일주일 후 뉴스에서 우연히 들었어. 정신이 이상해져서 스스로 트럭에 뛰어들었다고 하더군. 내가 해낸 거라고 생각했지. 꼴좋게 됐다고 생각했어. 그런데 세월이 흘러서 어른이 되고 나서 내가 한 일의 의미를 알게 되었지. 많은 사람의 병을 고쳐도 한 사람을 죽였다는 사실에는 변함이 없다는 것이 점차로 무거운 짐이 되었어. 널 사귀고 나서 더더욱 깨닫게 되었지. 나는 누군가를 증오하면 죽일지도 몰라. 그 당시에 자신이 훌륭하게 느껴졌지. 해냈다, 하고 웃었어. 그런 점이 있어. 하지만 이건 꾸민 이야기도 아니고, 에도 시대의 신나는 복수극도 아니야. 이 평화로운 일본에서 실제로 나는 죽을 생각이 없는 한 사람의 인생을 끝장내고 말았어. 벌 받을 거야, 언젠가 자신이 앙갚음을 당할 게 분명해. 그때는 너무 미운 나머지 그래도 좋다고 결심했었지. 하지만 시간이…… 시간이 그토록 위대한 것이라는 걸 몰랐어. 아버지와 어머니가 사이 좋게 살고, 나는 눈이 보이게 되어 일하게 되고 너와 알게 되고…… 그런 날이 온다는 건 당시로서는 있을 수 없는 일이었지. 모두가 창을 열지 않고 어둠 속에서 자신을 드러내고 있던 당시의 우리 집의 상태가 끝이 난다는 것은 절대로 생각할 수 없을 정도로 지독했지. 잃을 게 아무것도 없다고 생각했기 때문에 주술을 거는 걸 두려워하지 않았어. 자신이 앙갚음을 당해도 좋다고 생각했지. 하지만 지금은. 지금은 모든 것이 변했는데 나만이 아직도 두려워하고 있어. 그 남자가 꿈에 나타나곤 하지. 나는 죽이지는 않았는데 넌 죽였어……라고 말해. 그 말이 맞다고 생각해. 무서워」

도마뱀은 쉰 콧소리로 하소연을 계속했다.

그놈의 죽음은 우연이야, 너에게 책임은 없어라고 말하는 건 간단했다. 하지만 그렇게 믿고 있는 한 그 주술은 진짜가 된다. 그걸 알고 있었다. 스스로 그렇게 믿어 그 믿음에 사로잡혀서 생명을 잃은 아이들을 몇 명이나 보아왔다. 키우기로 약속한 화분을 말라죽게 했다며 목을 매단 아이랄지, 정해진 시각에 기도하는 걸 잊었다고 손목에 칼을 댄 아이.

싸우고 있었구나 하고 생각했다. 좋은 일을 하면 할수록, 재능을 발휘하면 발휘할수록. 무겁게 짓누르는 것. 생리나 성욕이나 배설과 마찬가지로 전적으로 자신만의, 결코 타인과 나누어 가질 수 없는 무의식의 무게. 모든 살인이나 자살의 근원이 되는 점점 부풀어오르는 어두운 에너지.

그래서 나는 이해할 수 있어도 아무것도 할 수 없는 것에 대해 항상 초조함을 느낀다. 환자에게도 항상. 자신이 무력한 마더 콤플렉스를 지닌 오카마(여장을 한 남자——옮긴이)처럼 느껴진다. 그렇게 되면 더 이상 아무것도 할 수 없어진다.

도마뱀이 그렇게 오래 이야기한 것은 처음일지도 몰랐다. 나는 말했다.

「나가자」

도마뱀은 눈썹을 찌푸렸다.

「괜찮아. 이상한 곳에는 안 갈 테니까. 집에 있으면 제대로 이야기를 할 수가 없어서」

나는 말했다.

「설마 네 병원으로 가서 나보다도 더 심한 환자를 보이고는, 힘내……라고 말하려는 것은 아니겠지?」

라고 하며 도마뱀은 웃으면서 얇은 코트를 걸쳤다.

「그거 좋은 생각이로군」

농담을 하며 나도 일어섰다.

도마뱀이 코트를 걸치는 모습을 보는 것을 좋아한다. 신을 신으려고 숙였을 때의 목을. 거울을 바라보는 치켜뜬 눈을. 여러 장면의 다양한 모습의 도마뱀을. 죽어가는 세포. 계속 새로 생겨나는 세포. 뺨의 탄력, 손톱의 하얀 반달. 살아 있고, 수분으로 촉촉하고, 흐름을 타며. 그걸 느낀다. 그녀의 일거일동에 살아 있는 자신을 비추어 볼 수가 있다.

초여름의 냄새가 거리에 온통 가득 차 있었다.

은은하면서도 힘이 있어서 견디기 힘들 정도로 풀 냄새가 난다.

「어디로?」

도마뱀이 물었다.

「둘이서 외출하는 게 너무나 오랜만이라서」

「바쁘니까」

그때 갑자기,

두 사람은 이제 끝날지도 모른다……는 생각이 들었다. 할 일이 없다. 뻗어나갈 방향이 막혀 있다. 유리 케이스 안의 식물처럼 서로 돕고 있는데도 서로가 서로에게 구원이나 해방감을 느끼게 하지 않는다.

어둠 속에서 상처를 서로 핥아준다거나 노부부처럼 붙어 앉아서 몸을 녹인다거나.

그뿐이다.

그런 생각은 가슴에서 점점 부풀어 올라 나를 지배하려고 했다.

그런데 그때 도마뱀이 갑자기 말했다. 모든 것을 바꾸는 마법의 타이밍으로. 살아 있는 말, 삶의 변화에 대한 기쁨을 드러내며 즐거운 듯이.

「참, 나리타 산(成田山: 지바현 나리타 공항 근처에 있는 산──옮긴이)에 안 갈래?」

「느닷없이 왜?」

「상관없잖아? 내일은 오후부터 일하기로 하고 가자. 여기에서 택시로 1시간 정도면 되잖아?」

「도대체 왜 그래?」

「가고 싶어. 옛날에 가본 적이 있어. 아침에 참뱃길에서 소금에 절인 밑반찬을 사기도 하고 전병을 사기도 했던 북적거리는 노점을 보고 싶어」

도마뱀은 동그란 눈으로 나를 쳐다봤다.

욕망이 싹트는 것은 중요하다……는 식의 임상(臨床)차원을 떠나서 도마뱀이 자진해서 뭔가 하고 싶다고, 다른 사람이 아닌 나에게 말을 꺼냈다는 것이 자랑스러웠다. 기뻤다.

「좋아, 가자」

가고 싶을 때에 가고 싶은 곳으로.

둘이서.

나리타에 도착한 것은 새벽 1시 가까운 시각으로, 전화를 걸었더니 다행히 숙소가 있었다.

이미 캄캄해진 참뱃길의 구불구불한 언덕길을 둘이서 걸었다. 건물은 전부 낡았고 나무 냄새가 났다. 바람이 세고, 올려다보니 폭이 좁은 길가의 건물 사이로 별이 또렷이 반짝거리고 있었다.

무척 바람이 세서 펄럭이는 도마뱀의 머리카락이 어둠 속에서 춤을 추었다.

절 문은 이미 닫혀 있었고 철수한 노점의 가지각색의

형체와 혼들리는 거대한 등불의 범자(梵字)가 울타리 이쪽 편에서 보였다.

거리에는 사람 한 명 없어 무서울 정도로 조용했다. 유령의 도시 같아……라며 도마뱀이 웃었다.

울타리에 기대어 5분 이내로 사람이 지나갈 것인지 내기를 걸고 기다려보았지만 아무도 오지 않았다. 역사의 냄새가 나는 참뱃길을 바람이 마치 수많은 사람과 같은 기척을 느끼게 하며 기세 좋게 스쳐 지나갈 뿐이었다.

어둠 속의 도마뱀이, 그 하얀 이가, 하얀 셔츠가 꿈속에서처럼 빛나 보였다.

「실은 나도 비밀이 있어」

나는 말했다.

「난 어머니와 아버지의 자식이 아니야」

도마뱀은 아무 말도 하지 않고 나를 쳐다보려고도 하지 않고 몸 전체로 듣고 있었다.

「어머니는 처음에 아버지의 동생과 교제하고 있었는데 차버리고 지금의 아버지와 결혼했어. 그랬더니 삼촌은 충격으로 정신이 이상해져서 어느 날 집에 쳐들어와 칼로 위협해서 두 사람을 묶어놓고 아버지가 보는 앞에서 어머니를 욕보이고 자기 몸에 등유를 뿌리고 불을 붙여서 자살했지. 무슨 소동인가 하고 달려왔던 이웃 사람들의 신고로 간신히 목숨을 건져 두 사람은 무사했지만 말이야. 유감스럽게도 내가 생겼던 거지」

「우리 집보다 심하군」

도마뱀이 말했다.

「그렇지?…… 어머니는 아버지의 희망대로 나를 낳고 바로 정신이 이상해져서 나는 친척 집에 맡겨졌다가, 다시 함께 살게 되었다가 5살 때던가. 자살했어. 미안하다는 유언을 들은 건 나였지. 상냥한 사람이었다고 지금도 생각해」

「지금의 어머니는?」

「아버지가 재혼한 사람이지」

「그렇구나」

「참혹한 것을 보고 죽는 사람도 있고, 네 어머니처럼 죽지 않는 사람도 있고, 다시 일어서는 가족, 엉망이 되어버리는 가족 등 여러 경우가 있는데 사건의 성질에 따라 다른 건지 사람들의 성격 탓인지 모르겠어. 하지만 아이는 핸디캡을 떠안게 되지. 나는 어머니의 비참한 주검을 보았어. 하지만 살아 있으면 핸디캡이 있어도 맛있는 것을 먹기도 하고 날씨가 좋은 날에는 기분이 좋아지기도 하지. 적어도. 대단한 건 아니지만」

「그래서 의사가 된 거야?」

「글쎄. 그렇다고도 할 수 있지」

죽음과 친하기 때문에 의사가 되었다. 어린 시절에 죽

음에 대한 인상이 뚜렷이 각인되어서 흥미를 가지게 되었다. 냄새가 스며들었다. 사라지지 않는다.

두 사람의 그런 비슷한 과거를 오늘 알고 나름대로 나도 충격을 받았다. 그 정도로 숙명적으로 이끌렸던 이유를 알았기 때문이다.

「하지만 괜찮아. 참혹한 일엔 끝이 없는 법이야. 그러니 마음 편히 이사라도 해서 나무가 많은 곳에서 살자. 우리 둘에게만은 좋은 일만 있으리라고 생각하자」

「짧은 금요일이란 소설 알아?」

도마뱀이 물었다.

「모르겠는데」

「평범한 부부의 죽음에 관한 이야기야. 그렇게 된다면 좋겠어. 완벽하게 행복한 하루를 마친 신앙심 깊은 두 사람이 나란히 잠들어 있는데, 맞은편에 있는 부엌에서 내일 먹을 빵을 준비하다가 실수를 하여 어느새 방에 가스가 가득 차게 되고, 그걸 알아챘을 때는 이미 늦었지만 두 사람 다 그럭저럭 납득을 하고 그럭저럭 행복한 채로 죽어버리지」

「읽어볼게」

「그렇게 된다면 좋겠어. 누군가가 죽는 모습을 보는 것은 싫어. 그 소설에서처럼 죽었으면 좋겠어」

「우린 이제 괜찮아, 그런 거 생각하지 않아도. 충분

히, 아주 충분히 생각해 오다가 실행에 옮긴 단계니까 이제 괜찮아. 그렇게 생각하자. 아직 할 수 있는 일은 많이 있어. 조금씩. 기어가듯이 조금씩이라도 좋은 생각을 하자. 할 수 있는 일을 늘리자. 그렇지 않으면 살아 있다고 할 수가 없어. 지금은 아무리 이상한 모습이라도」

마음속에는 갈등의 폭풍우가 불고 있더라도 도마뱀은 가볍게 고개를 끄덕였다. 됐다, 하고 나는 생각했다.

도마뱀 곁에 있으면 나는 항상 15살의 소년이 되고, 그런 애인을 가진다는 것은 남자로서는 다른 놈에게 자만할 수 있을 것 같은 기분이다.

낡은 여관에서 녹초가 된 몸으로 드러누웠다.

도마뱀은 언제나 그렇듯이 나에게 콧등을 푹 파묻고 잠이 들려 하고 있었다. 나도 졸려서 눈꺼풀이 감기려 하는 것이 느껴졌다.

도마뱀이 뭐라고 중얼중얼거리고, 알아들을 수가 없어서 「뭐라고?」 하고 물었다.

도마뱀은 말했다.

「그러니까 말이야, 누군가 이 세상의 규칙을 담당하는 신과 같은 사람이 있어서 이건 너무 심하니까 절대로 안 된다고 한다거나, 이 사람은 여기까지라면 괜찮다고 하며 지켜보고 있어주면 좋을 텐데. 하지만 없단 말이야.

만약 있다면 막아주면 좋을 텐데. 하지만 막아주지 않아. 스스로 해야 해. 아무리 참혹한 것을 봐도 무슨 일이든 일어날 수 있다고 생각할 수밖에 없는 거야. 오늘 밤 슬퍼하는 사람들이 얼마나 많이 있을까? 가족을 잃은 사람이랄지 죽어가는 사람이랄지. 배반당한 사람이랄지 살해되는 사람. 실제로 지금. 세계는 넓어. 조금이라도 막아준다면 좋을 텐데. 조금이라도 줄어들면 좋을 텐데. 우리처럼 사는 게 괴로운 사람이 조금이라도 줄어들도록 말이야」

슬픈 기도는 슬픈 시처럼 어둡고 축축한 다다미 방에 울렸다. 나는 반쯤 잠이 든 채로,

〈하지만 저 어두운 참뱃길도 아침이 되면 북적거리게 되고 많은 사람들이 와서 가게도 전부 열고 절도 활짝 문을 열고 하여튼 전혀 다른 얼굴이 된다. 어느 쪽이 좋다 나쁘다를 떠나서 변화해 간다. 즐기자. 뱀장어를 굽는 냄새, 전병 냄새, 한약을 사고, 참배를 하고 부적이라도 사서 새 집에 붙이자. 사람들의 왕래를 보자. 오늘 밤에는 아무도 없던 거리가 또다시 활기를 되찾아가는 모습을.〉

하고 생각했다. 너무 졸려서 입 밖에는 낼 수 없었지만, 그래, 내일 말하자.

죽는다는 건 뭘까?

존재가 없어져서 아무 말도 해주지 않고, 지금은 여기에 푹 파묻혀 있는 코의, 바로 그 짓누르는 힘의 원천. 그렇게 하고 싶다는 의지를 담은 그릇. 그것이 사라져 없어지는 것.

도마뱀의 이 살랑거리는 머리의 표피. 뺨으로 떨어지는 빠진 속눈썹. 매니큐어를 칠한 손가락의 작은 화상 흉터. 그것들 전부를 움직이고 있는 영혼의 회전.

그런 걸 이야기하고 싶다, 말로 표현하고 싶지 않은 모든 것을.

살아만 있다면.

내일 말할 수 있다.

그렇게 생각했을 때, 도마뱀이 더욱더 작은 소리로 말했다.

「잘 자」

이미 잠들었을 거라고 생각하고 있던 나는 약간 놀라서 눈을 떴다. 들여다보니 도마뱀은 눈을 감고 지금이라도 푹 잠에 빠져들 것 같았다. 잘 자라고 말하자 도마뱀은 눈을 감은 채로 졸려서 맥을 못 추며 말했다.

「죽으면 난 지옥에 갈까?」

그렇지 않아 하고 나는 말했다.

「하지만 괜찮아」

도마뱀은 말했다.

「지옥엔 환자가 더 많을 테니까」

그리고 쌕쌕 숨소리를 내기 시작했다. 어린아이와 같은 얼굴로 잠들어 있었다.

나는 그 모습을 잠시 바라보며 둘의 어린 시절을 위해서 몇 분 동안 울었다.

나선 (螺旋)

나는 그날 심한 숙취로 오후 내내 제대로 일을 할 수가 없었다.

나는 문장을 써서 살아간다. 실은 그날도 어떤 사진 작가가 찍은 풍경 사진에 걸맞는 문장을 서둘러서 써야 했지만 머리가 아파서 도저히 그 거친 파도가 이는 바다를 담은 사진의 세계에 빠져들 수가 없었다.

그런 식으로 다른 사람과 함께 하는 작업이란 묘하다. 특히 자기가 좋아하는 것을 만드는 사람과의 작업은. 어쩐지 항상 자신의 머릿속을 엿보인 듯한 느낌이 든다. 미리 그 사람과 약속이 되어 있었던 듯한 생각이 든다. 아주 오래전부터의 약속.

하지만 여하튼 그날은 침대에서 계속 뒹굴며 가을 하늘의 투명함을 보고 있었다. 정말로 끝없이 투명해서 어쩐지 뭔가에 속고 있는 듯한 느낌이 들었다.

옆집 아이가 연습하고 있는 서투르기 짝이 없는 바이올린 소리가 나를 감동시켰다. 마음속에 비친 파란 하늘 가득히 마치 스며들기라도 할 듯이 음색이 흘러갔다. 서투르면 서투를수록, 어설프면 어설플수록 눈을 감아도 보이는 선명한 파랑과 어울렸다.

눈을 감고 듣고 있으려니 그 파란 하늘의 영상과 겹쳐서 잘 아는 어떤 여성의 속눈썹도 떠올랐다. 그 사람은 말이 막히면 〈결국……〉이랄지 〈저기……〉라고 말하며 반드시 일단 눈을 감는데, 그렇게 하면 하얀 눈꺼풀 주위의 속눈썹이 갑자기 뚜렷해져서, 약간 찡그린 눈썹에 대범함과 신경질적인 면이 뒤섞인 그녀의 인격을 전부 알 것 같은 독특한 느낌이 든다.

알게 되는 순간은 항상 두렵다.

심장이 멎을 것만 같아진다. 지금까지 알아버려서 잘된 일이란 하나도 없었기 때문이라고 생각한다.

더구나 왠지 나는 그녀가 그렇게 잠시 눈을 감는 것이 유달리 두렵다.

두려워서 어찌할 바를 모르고 있으면 이윽고(그렇다고 해도 아주 잠깐이지만) 그녀는 눈을 번쩍 뜨고, 느닷없이 명쾌한 인격으로 바뀌어, 예를 들면 〈안다는 것은 멋진 일이야〉라는 식의 말을 한다. 〈단순한 사람이로군〉 하고 생각하지만 미워할 수 없다. 〈그 단순함이 미덕이 되기도 하는구나〉 하고 분석을 하는 자신의 부덕함을 부끄럽게 여긴다.

그녀하고는 오늘 밤 만나기로 되어 있었지만 조금 귀찮다는 생각이 들었다. 요즘 그녀는 항상 뭔가 하고 싶은 말이 있는 듯하기 때문이다.

〈밤 9시에 항상 만나는 가게에서〉라고 했지만 그 가게는 8시에 문을 닫으니까 그런 점도 아무래도 수상하게 여겨졌다.

거절하려고 전화를 걸었지만 자동응답기의 달콤한 목소리가 부재중임을 되풀이할 뿐이었다. 일하러 나가지 않을 때 그녀가 요즘 어디서 무엇을 하는지 나는 전혀 몰랐다.

어쩔 도리가 없어서 나가기로 했다.

어두운 거리에는 사람이 없다. 가을 바람이 제일의 주역이다. 모퉁이를 돌고 돌아도 똑같은 달빛이 비추는 쓸쓸한 밤이다. 투명한 공기 속에서 시간이 묘하게 정체되어 있다. 갈 곳 없이 떠도는 상념을 서늘한 바람이 훑고 지나간다. 그러고는 빌딩들 사이로 음침하게 가라앉아 어둠을 만든다.

가게는 역시 닫혀 있었다. 가게 앞에 그녀는 없었다. 그 가게는 수입잡화를 파는 곳인데 앞쪽은 통유리를 낀 카페로 되어 있다.

그런 식으로 이것과 저것의 경계가 사라진 듯한 것을 좋아한다. 밤과 낮, 그릇 위의 소스, 카페에까지 흘러들어온 잡화들. 그건 그녀를 사랑한 탓에 받은 영향이다. 그녀는 초저녁 달과 닮았다. 옅은 파랑의 점차적인 변화에 이제라도 곧 사라질 듯한 그 흰빛.

가까이 다가가서 가게 입구로 올라가는 계단을 들여다보아도 그녀는 없었다.

그때 내 이름을 부르는 그녀의 목소리가 들렸다. 약간 웅얼거리는 듯한 이상한 울림이었다. 마치 천국의 구름 위에서 지상에 있는 나에게 말을 건 듯한 느낌이었다.

올려다보니 그리 대단한 건 아니고 칠흑같이 어두운 가게 안에서 어렴풋이 윤곽을 드러낸 하얀 의자랑 테이블을 배경으로 그녀가 유리 너머로 말을 걸었던 것이다.

그녀는 웃으면서 손짓으로 부르며 무거운 유리문을 안에서 열어주었다.

「어떻게 들어왔지?」

나는 물었다.

「지배인에게 부탁해서 열쇠를 빌렸어」

그녀는 말했다. 들어가니 어두운 가게 안에는 물건이

박물관처럼 늘어서 있고, 구두소리도 목소리도 유달리 크게 울려 항상 만나곤 하던 바로 그 가게라고는 도저히 생각할 수가 없었다. 우리는 낮의 혼잡함의 망령처럼 마주 보고 테이블에 앉았다.

그녀는 가게의 냉장고에서 주스를 꺼내 싱크대에 엎어 놓은 컵에 따랐다.

「그렇게 맘대로 해도 되니?」

하고 물으니,

「괜찮아. 괜찮다고 했는걸」

하고 카운터 너머에서 대답했다.

「불은 켜면 안 될까?」

너무 어두워서 안정이 되지 않아 나는 물었다.

「안 돼, 다른 손님이 들어오게 돼」

「그럼, 어두운 채로 여기에 있는 거야?」

「어쩐지 재미있어서 좋잖아?」

하고 말하고 웨이트리스처럼 주스가 든 컵을 쟁반에 얹어서 왔다.

「맥주는 없을까?」

「숙취라고 했잖아?」

「어떻게 알았지?」

나는 깜짝 놀라서 말했다.

「내가 말했던가?」

「응답기에 녹음되어 있었잖아」

그녀는 킥킥거리고 나는 안심했다.

「이제 밤이니까 괜찮아」

「그럼」

하고 말하고 그녀는 냉장고로 걸어가 맥주를 꺼내주었다.

아무래도 분위기가 묘하게 돌아갔다. 그녀는 그 어느때보다도 싱글벙글 웃고 구두소리는 멀어져 가듯이 크게 울렸다. 이상한 예감이 들었다.

더구나 어둠 속에서 마시는 맥주는 그다지 맛이 없었다. 어쩐지 싸늘하게 금빛으로 빛나 북극에서 마시고 있는 것 같았다. 아직 체내에 남아 있는 알코올과 달 세계와도 같은 어슴푸레한 빛 때문에 바로 취기가 돌았다.

「나 말이야, 다음주부터 어떤 강좌에 참가할 거야」

그녀가 말했다.

「뭐지, 그게?」

나는 말했다.

「친구 중에 여러모로 무척 고통스러워하고 있는 아이가 있어서, 그 친구가 발견한 건데 말이야, 약간 과격한 강좌니까 같이 가달라고 부탁해서」

「과격?」

「확실히는 모르겠는데 머릿속을 말끔히 씻어버린대.

60

흔히 말하는 능력개발이랄지 명상 같은 것이 아니라 완전히 제로로 되돌려버린대. 그래서 다시 시작할 수 있다는 거야. 어쩌면 모든 것을 잊어버리고 바로 그 잊어버린 것은 자신에게 필요없는 것이래. 재미있지?」

「재미없어. 그것이 필요한 것인지 아닌지는 누가 결정하는 거지?」

「그게 도박인 거야. 틀림없이. 뭔가 자신에게 중요하다고 스스로 생각하고 있는 것을 완전히 잊어버리기도 한다고 해」

「자신이 집착하고 있는 것이라는 의미?」

「반드시 그렇지는 않은 것 같아. 이건 그냥 느낌인데 그녀는 이혼의 충격으로 노이로제에 걸려 그것을 잊고 싶어서 가는 걸 거야. 하지만 나는 그녀가 그걸 잊을 수 없을 거라고 생각해」

「관두지 그래, 가는 거」

나는 말했다.

「하지만 혼자서 가게 할 수는 없어. 상담에 응하기도 했고 말이야」

그녀는 말했다.

「게다가 흥미가 있어. 가보지 않으면 좋은 곳인지 어떤지 모르잖아」

「나쁘지, 그런 곳은. 전부 잊어버린다는 것이 좋을 리가 없잖아?」

「잊으면 안 돼? 싫은 일도?」

「스스로 결정해 갈 일이야, 그건」

「괜찮아, 결국……」

그녀는 눈을 감고 적당한 표현을 찾았다. 그리고 눈을
뜨고 말했다.

「그래 그래, 적어도 너와의 일을 잊지는 않을 테니까」

「어떻게 알지?」

「알아, 걱정 마」

생글생글거리며 그녀는 말했지만 나는 그녀의 마음속
에 있는 또 하나의 그녀의 불안을 잘 알고 있었다. 들려
오는 듯했다.

「너와의 일을 전부 잊어버리고 싶다고 생각하고 있는
자신을 잊고 싶어」

그런 그녀가 안쓰러워서 더 이상 설득하지 않았다.

「우리 둘의 지금까지의 일을 전부 잊어버릴지도 몰라」

나는 웃었다.

「천 년 동안의 일을 전부?」

그녀도 웃었다. 그녀가 그런 말을 하자 그 밝고 깊은
목소리의 울림 때문에 순간적으로 그것이 진실인 것처럼
여겨졌다. 그랬던가, 천 년이나 되었던가 하고.

「처음으로 여행 갔었을 때의 일도?」

「아직 19살이었지?」

「그래, 여관에 묵었을 때 그곳에서 일하는 심술궂은 아주머니에게 〈무척 젊은 부인이시군요〉라는 말을 들었었지」

「우린 나이가 똑같은데도 말이야」

「네가 나이들어 보였던 거야…… 방이 너무 넓고 천장이 어두워서 무서웠어」

「하지만 한밤중에 뜰에 나갔을 때 별이 대단했지」

「여름이었고 풀 냄새가 났었어」

「넌 머리가 짧았었지」

「그러고 나서 이불을 나란히 깔고 잤었어」

「그래」

「네가 무서운 이야기를 해서 혼자서 온천에도 못 갔었지」

「둘이서 갔었지」

「노천탕에서 포옹을 했었지?」

「응, 정글에 있는 것 같았지」

「별이 아름다웠어. ……그때가 그리워」

「그게 말이야, 죽는 것과 비슷한 걸까」

「뭐가?」

「잊어버린다는 것 말이야」

「관둬. 슬퍼지잖아」

「그게 말이야, 『뻐꾸기 둥지 위로 날아간 새』에 나오는 것 같은 걸까?」

「로보토미(Lobotomie: 대뇌의 전두엽(前頭葉)을 절개하는 수술——옮긴이) 말이야? 아니라고 생각해」

눈을 감았다.

「분명히 필요없는 것만을 잊어버리는 거야」

「나에 관한 것을?」

「……아니, 하지만 필요없는 것이 뭔지 나는 모르겠어」

「……나갈까? 너무 조용해서 심각한 기분이 되어버리는군」

「목소리가 흡수되면 무슨 이야기를 해도 무척 중요한 이야기를 하는 것처럼 느껴지네. 있잖아, 물건 좀 구경해도 돼?」

우리는 가게 안을 한 바퀴 빙 돌았다. 여러 개의 선반에 수많은 외국 물건들이 차분히 진열되어 있었다. 포개져 있어서 프리즘처럼 빛나는 컵 하나하나가 낮과는 전혀 다른 가치를 지니고 있는 것처럼 여겨졌다.

가게를 나올 때 마치 자신들의 방을 나오듯이 열쇠로 문을 잠그고 밖으로 한 걸음 내딛으니, 불어오는 밤바람과 함께 갑자기 시간도 흐르기 시작한 것 같은 느낌이 들었다.

「조금 더 마시고 가자」

「좋지」

갑자기 기분도 가벼워졌다.

「나는 틀림없이 그 어떤 것에서든 너에 관한 것을 발견해서 반드시 기억해 낼 거야」

걸으면서 문득 그녀가 말했다.

「비록 잊어버린다 할지라도」

「그 어떤 것이라니?」

「함께 많은 걸 보았고 많은 걸 먹었잖아. 그러니 이 세상의 그 어떤 풍경에도 네 자취가 담겨 있을 거야. 우연히 지나친 갓 태어난 아기. 복어회 밑으로 비치는 접시의 선명한 무늬. 여름 하늘의 불꽃놀이. 저녁 무렵 바다에서 달이 구름에 가려질 때. 테이블 밑에서 누군가와 발이 부딪혀서 미안하다고 말할 때, 누군가 친절하게 물건을 주워주어서 고맙다고 말할 때. 곧 죽을 것 같은 할아버지가 비틀비틀 걸어가는 것을 볼 때. 길거리의 개나 고양이. 높은 곳에서 본 경치. 지하철 역으로 내려가서 미적지근한 바람을 얼굴에 느낄 때. 한밤중에 전화가 울릴 때. 다른 그 누군가를 좋아하게 될 때, 그 사람의 눈썹 선에서도 반드시」

「그렇다면 살아 있는 모든 것이라는 뜻?」

「글쎄……」

그녀는 또 눈을 감고, 그러고 나서 그 유리 같은 눈동자를 똑바로 이쪽으로 향하고 말했다.

「아니야, 내 마음의 풍경이라는 뜻이야」

「그래? 그게 너의 사랑이로군」

나는 다소 놀라서 말했다.

그때였다.

순간 무슨 일이 일어났는지 몰랐다.

마치 번개가 치듯이 빛과 소리가 약간의 위화감을 자아내며 엇갈린 듯한 느낌이 들었다. 맞은편 모퉁이에 보이는 빌딩 위가 밝아지며 갑자기 불길이 일면서 둔탁한 소리와 함께 유리 파편이 슬로모션으로 어둠 속으로 쏟아져 내려왔다.

불과 몇 초 후에 잠들어 있던 거리 구석구석에서 사람들이 우르르 뛰어나와서 갑자기 소란해지고, 먼 곳에서부터 경찰차랑 소방차의 사이렌 소리가 점점 가까이 다가왔다.

「폭파다!」

나는 흥분해서 말했다.

「우리만 봤어! ……부상자는 없는 걸까?」

「없어. 저 건물은 어두웠고 지나가는 사람도 없었는걸. 단순한 장난이겠지」

「그렇다면 다행이야. ……참 아름다웠어. 방정맞은 소

리지만, 꼭 불꽃놀이 같았어」

「대단했어」

「정말로!」

그녀는 아직도 하늘을 쳐다보고 있었다.

그 옆얼굴을 보면서 생각했다.

내 사랑은 네 사랑과 조금 달라.

예를 들면 네가 눈을 감았을 때 바로 그 순간에 우주의 중심이 너에게 집중하지.

그러면 네 모습은 한없이 작아지고 뒤에 끝없이 펼쳐지는 풍경이 보이기 시작하지. 너를 중심으로 해서, 그것은 엄청난 가속으로 점점 퍼져가지. 내 과거의 모든 것, 내가 태어나기 전의 일, 내가 쓴 모든 글, 지금까지 내가 보아왔던 모든 경치, 별자리, 아련히 푸른 지구가 보이는 암흑의 우주 공간까지.

대단해 대단해 하고 나는 내심 미칠 듯이 기뻐하고, 그리고 네가 눈을 뜬 순간 그것은 전부 사라져버리지. 다시 한번 생각해 주었으면, 하고 나는 생각하지.

둘의 생각은 이처럼 전혀 다르지만 우리는 태고의 남녀야. 아담과 이브의 연정의 모델이지. 사랑하는 사이인 남녀 중의 모든 여자에게는 그와 비슷한 종류의 여러가지

버릇이, 모든 남자에게는 응시의 순간이 있어. 상대방을
서로 따라하며 영원히 이어지는 나선(螺旋)이지.

　DNA처럼, 이 대우주처럼.

　그때 신기하게도 그녀가 내 쪽을 보고 웃으며, 대답이
라도 하듯이 이렇게 말했다.

　「아, 정말로 아름다웠어. 난 정말 평생 잊지 않을 거
야」

김치꿈

〈불륜 관계 후에 정식으로 결혼한 예는 제로에 가깝습니다. 그 사실을 알고 있는 사람만이 불륜의 사랑을 즐길 자격이 있습니다. 그리고 그 사랑을 자신의 성장을 위한 하나의 과정으로 삼읍시다.〉

어떤 여성지를 봐도 대개 이렇게 씌어 있다. 아마도 사실일 것이다.

나도 종종 그런 기사를 읽었다.

정말로 그때는 아무런 느낌도 없었다.

어쩌다가 회사에서 일찍 돌아온 날 밤 같은 때에 간단히 저녁을 먹고 TV를 보거나, 목욕을 하기도 하고, 혹은 밀린 편지를 쓰거나 전화로 수다를 떨기도 하며 그야말로 편안히 쉬고 있을 때, 문득 저녁에 사온 그런 잡지를 뒤적이다 보면 그런 기사가 종종 눈에 띄었다.

나만의 방은 성처럼 따뜻하고 안심이 되며 충만되어 있고, 타올이나 식기에서부터 실내 슬리퍼까지 전부 내가 고른 인테리어, 말하자면 나의 분신으로, 그 어느 것도 나를 혼란시키는 것은 없고, 회사의 모든 것이 술렁거리는 풍경처럼 멀리 느껴지며, 매일 밤 정해진 시각에 걸려오는 애인의 전화를(깊이 생각하지 않고, 혹은 몸이 피곤해서 깊이 생각할 수가 없어서) 기다릴 뿐.

그래, 그런 편안하고 달콤한 시간에 종종 눈에 띄곤 했지.

머리가 좋은 사람의 어드바이스도 여러 가지 있었다. 수기도 있었다. 여러 경우가 있었지만 어쩐지 숨이 막힐 듯한 무모함과 절망의 냄새가 났다. 나는 정말로 아무런 생각 없이 남의 일로 읽고 있지만, 입으로 〈흠!〉 하는 소리를 내거나 과자를 와삭와삭 먹으며 페이지를 넘기고, 다 읽고 나면 곧바로 잊어버리지만, 왜일까?

지금 돌이켜보면 그 광경이 가장 어둡다.

대단한 연애였다. 하지만 울부짖거나 싸움을 하거나 이제 이걸로 완전히 끝장이라고 생각하며 전화를 끊었을 때보다도, 부인과 직접 만나서 이야기하고 돌아오는 길의 〈쳇〉 하는 느낌보다도, 어쨌든 그 어느 때보다도 바

로 그,

〈혼자서 살던, 매우 좋아했던 그 방. 편안하고 TV 소리가 나고 있다. 불이 밝게 밝혀진 실내의 따뜻한 공기 속에서 혼자서 불륜에 관한 기사를 태연한 얼굴로 읽고 있던〉 자신이 가장 불쌍해 보인다.

꼭 껴안아주고 싶어진다. 어째선지는 모른다.

하지만 껴안아줄 수 있는 건 애인도 아니고 부모도 아니고, 하물며 승리자로서의 지금의 자신도 아니다. 미묘한 것이다.

거리를 방황하는 타인으로서 문득 창가에서 들여다보는 유리 너머 그녀의 방, 따뜻한 피난처에서 혼자 있는 그녀에게 말해 주고 싶다.

그런 느낌이다.

「무척 애쓰고 있지만, 너는 실은 그런 걸 읽고 싶지 않은 거야, 지금 상당히 괴로워 보이는 표정을 하고 있어」

만일 신이 있다면 항상 이런 기분으로 모두를 보고 있는 걸까?

기억은 에너지니까 발산되지 않으면 참으로 초라한 모습으로 체내에 잔류한다. 신은 걱정한다. 뒹굴거리며 페이지를 넘기고 있는 내 주위를 빙빙 돌며, 보이지 않는 손으로 내 몸을 필사적으로 뒤흔들며 들리지 않는 목소리로 외친다.

「여기에 있어. 느끼지 못하는 척하지 마」

나는 그와 결혼했다.

나는 알고 있었다. 육감도 아니고 염력(念力)으로 붙잡은 것도 아니다. 처음 만났을 때부터,

〈가만히 놔두어도 나와 이 사람은 한번은 같이 생활하게 될 거야.〉

하고 예사로 생각하고 있었다. 열망도 아니고 꿈도 아니었다. 단지 그렇게 되는 것이 당연하다는 기운이 둘 사이에 감돌았다.

실제로는 그렇게 간단하지는 않았다. 괴롭기도 했고, 지치기도 했고, 피곤해서 될 대로 되라는 생각이 들기도 했다. 솔직히 말해서 무슨 일이 있으면 곧 〈순조롭고 알기 쉬운 결과가 여기 이렇게 눈에 보이는데 왜 이런 고생을?〉 하고 생각하곤 했다. 하지만 그런 나태해지는 마음이 점점 나를 두 사람의 생활로부터 멀어지게 했다.

나태해져도 어쩔 수 없다. 사실은 이미 알고 있는 것을 이 손발로 느끼고 실현시키기 위해서 우리는 육체를 가지고 태어났기 때문에.

따라서 우리는 불륜으로 시작해서 결혼에 이른 단 5% 중의 한 쌍이 되는 셈이다.

하지만 자신의 일 이외에는 전부 남의 일인데 왜 퍼센티지가 나오는 걸까?

지금 와서 돌이켜보면 당시에 나를 지배하고 있던 것은 그런 눈에 보이지 않는 이상한 압력이었다.

모두 같이 차를 마실 때는 각자 돈을 내고 혼자만 밥을 먹거나 하지 않는다.

가고 싶지 않더라도 사원들의 단체 여행에 가지 않으면 선배와의 관계가 거북해진다.

밤중의 택시는 전부 무조건 멀리 가는 손님을 원한다.

혼자 사는 여자가 세 군데나 옮겨가며 술을 마시러 가면 탐욕적으로 보인다.

미혼의 남자 사원과 점심을 먹으면 항상 함께 먹곤 하던 애들이 화를 낸다.

모든 것이 세분화되어 있는 만큼 좁은 지역 속에서 절대적인 힘을 가지는 수없이 많은 이상한 규칙들. 불륜이 좋다든지 나쁘다든지 말하기 전에 우선 일반화해서 처리하려는 경향.

나는 그런 것을 염두에 두지 않으려고 무시하며 항상 자신만의 공간에서 살고 있었지만, 전파처럼 미세한 입자로 날아다니는 그런 것들은 〈염두에 두고 있지 않아〉라는 말을 의식하는 것만으로 뇌에 침입해 오는 듯했다.

뭔가 다른 것과 싸우고 있었다는 것을 지금에 와서야 희미하게나마 깨닫는다.

지금 생각하면 내가 싸우고 있었던 것은 그이나 그이

의 부인이나, 자기 자신…… 그것만은 아니었던 것 같은 생각이 든다.

스스로를 지키기조차 어려운 이 현대의 모습. 거미줄처럼 온통 둘러쳐 있어, 걸으면 친친 휘감기는 그 어떤 그림자. 쫓아버려도 끈적끈적한 감촉을 남긴다. 완전히 무시할 수 없을 정도의 비율로 공기 안에 섞여 있어서, 생명력이랄지 생명의 빛남과는 가장 거리가 먼 연약한 벌레들과 같은 에너지. 보이지 않는 척할 수 있어도 그것이 있는 한 시계(視界)가 완전히 맑아질 수는 없다.

결혼한 지 2년이 된다. 회사는 작년에 그만두었다. 아이는 없다. 둘이서 구입한 맨션에 살고 있다. 고양이를 키우고 있다.

「늦을 것 같으면 전화할게」

하고 말하고 아침에 TV를 끄고 그는 나간다. 갑자기 실내는 정적에 휩싸인다. 그는 아침을 먹지 않기 때문에 나는 대개 아직 침대에 누워 있다. 다녀오세요라는 말도 거의 하지 않고 침실에서 잠에 취한 채로 배웅한다. 현관문이 닫히는 소리가 들리면 후회가 살짝 스쳐 지나간다. 잠시 쓸쓸해진다. 식탁 위에 아침 햇살이 비치는 것이 보인다. 커피향이 난다. 고양이가 방으로 들어온다. 침대에 뛰어올라 내 발 밑에서 몸을 웅크린다. 보고 있는 사이에 또다시 졸음이 엄습해 온다. 조금 더 자자, 하고 생각한다.

그런 식으로 잠을 깼을 때 처음 얼마 동안은 종종 장소를 착각했다.

잠이 깨면,

「곤아!」

하고 여동생의 이름을 부르곤 했다.

불륜의 후반기(?)에, 나는 내 방으로 그가 와서 옷걸이에 코트를 걸고, 밥을 먹고, 맥주를 마시고, 함께 자고 아침에 돌아가고 나면, 세탁물이랑 잠옷, 나란히 놓인 베개만이 남는 듯한 느낌에 피곤해져서, 여동생과 둘이서 살기로 했었다. 넓은 방에 살 수 있으니까 동생은 좋아했었다.

이제 와서 새삼스럽게 호텔에 가기는 싫었지만 이런 정도로 두 사람의 관계가 끝난다면 그래도 좋다는 식으로 시험해 보려는 의도가 강했다. 그런데 그렇게 불편한 상태가 되어도 나와 그 사람 사이에 은은한 향기가 나는 미래의 공기는 사라지지 않았다.

야위고 어딘지 모르게 어두워져 있던 나는 동생과 살며 점점 기력을 회복해 갔다. 당시에 동생은 마치 기분 좋은 우모 이불이나 열이 있는 날의 얼음 베개, 추운 날의 스튜처럼 여겨졌다. 나는 자신도 모르는 사이에 기진해 있었던 것이리라.

아침에 일어나면 동생이 부엌에 있다. 물을 끓이고 있다. 그리고 나를 야단치기도 하고 목욕탕 청소를 시키기도 한다. 나는 과자를 2인분 사서 돌아오기도 하고 오늘 있었던 일을 이야기할 수가 있다. 오해받거나 하지 않는다. 속마음을 캐내려고 하지도 않는다. 휴일 밤에 혼자서 멍하니 「뮤직 페어」(심야 TV 음악 프로그램——옮긴이)를 보지 않아도 된다.

이런 당연한 것에 굶주려 있다니 뭔가 잘못되어 가고 있다고 종종 생각했다. 역시 가능하면 불륜은 저지르지 않는 편이 좋아. 상대방은 그런 것들을, 즉 나날의 자연스러운 따스함을 다른 곳에서 가지고 있기 때문에.

그리고 눈을 뜨면 동생이 저쪽 방에서 콩콩거리며 걷고 있다. 나는 아직 졸려서 반은 꿈속에 있기 때문에 마음은 어린아이처럼 순수하다.

저 아이는 나에게 상처를 입히지 않아.

저 아이는 안심이야.

그러니 아무것도 두려워하지 않고 또다시 잠들어도 괜찮아.

이번에 잠을 깨도 혼자가 아니고 저 아이는 돌아가 버리지도 않아.

저 아이는 자신의 애인과 나를 다른 방식으로 똑같이

사랑하고 있어. 그런 것이 나에게 상처를 입히지는 않아. 그가 나와 아내를 똑같이 사랑하는 것과는 전혀 다르지.

하고 나는 몽롱한 채로 동생에 대해서 생각한다.

그리고 다시 어느 틈엔가 잠들어 버린다. 따뜻한 이불 속에서 아무런 걱정 없이.

좋은 나날이었다.

그래서 그가 정식으로 이혼을 하고 얼마 후에 〈결혼하자〉고 말했을 때, 〈아, 그래?〉 하고 생각하고 말았다. 기뻤지만 동생과 지내는 것은 편해서 그런 회복을 위한 훈련이 없었다면 엉망이 되었을지도 모른다.

평생 동생과 살 수는 없다.

뛰어드는 거야, 새로운 번거로움을 향해서.

그런데 어떤 일을 겪고 나서 함께 살게 되었는데 아무 일도 없었던 듯이 행동하는 것은 무리이다.

나는 자신도 모르는 사이에 항상 〈기다리고〉 있는 것에 익숙해져 있었다.

이런 피로나 응어리 같은 것이 없어지기까지는 나는 〈기다림〉을 살아가지 않으면 안 되는구나…… 하는 걸 느낌으로는 느끼고 있었다.

예를 들면 전화가 걸려온다.

밤 7시 반으로 저녁 식사는 대충 준비되어 있다. 아침과 비슷한 보잘것없는 것이다. 그는 말한다.

「오늘은 조금 늦어지니까 저녁은 동생 집에서 먹지 그래」

신경을 써주는 친절한 사람이다.

「알았어. 그럼」

하고 전화를 끊을 때는 아무렇지도 않다.

하지만 그러고 나서 30분 정도 지나면 뭔가가 일어나기 시작하는 것이 느껴진다. 그건 마치 화학반응과 같은 것으로 스스로는 어떻게 할 수도 없다. 그저 바라보고 있을 수밖에 없다. 혈액과 함께 몸 속을 돌아다니고, 나를 지배하기까지 2시간도 채 걸리지 않는다.

〈기다림〉은 집 안 전체의 공기에 가득 차 있다.

TV 화면도 친구와의 전화도, 목욕도 책도, 내 표면에 얇은 막이 생겨서 그것을 투과하지 않는 것에게는 아무것도 보이지 않게 되어버린다.

모든 망상이 악령처럼 찾아든다.

동생과 살고 있을 때는 좋았는데 하고 생각하게 된다. 존재를 100퍼센트 인정받았었다.

하지만 나는.

〈동생과 사는 것보다 여기를 택했어. 돌아갈 생각은 없어.〉

하고 생각한다. 그건 분명한 일이지만 마음은 개운해
지지 않는다.

「이게 인생이야」

라는 주문은 의외로 효과가 있다. 몇 번이고 입 밖에 내
어 말해 본다. 어쩐지 스스로도 납득하게 된다. 그가 돌
아와도 그런 건 입 밖에 내지 않는다. 말해도 어쩔 수
없다.

그런 나날은 견디기 힘들다.

「자, 말해 두겠는데 한번 바람을 피운 남자는 반드시
또 되풀이합니다. 알겠어요? 나는 잘 알고 있어요. 그이
는 그런 사람이에요. 약해서요」

마지막으로 내뱉는 말치고는 무겁고 묘한 느낌이 드는
말이로군…… 하고 그때 나는 막연히 생각했다.

잃을 게 없어서 강했기 때문이었을까?

가만 있어봐.

하고 나는 생각한다.

지금은 있어? 그 사람?

아니, 원래 허공에 떠 있는 이 영혼이 이쪽에서 저쪽
으로 한 바퀴 도는 것에 불과한 이 흐름 속에서 꽉 쥐
있을 수 있는 것이란 없는데. 그 누구도, 그 어느 것도.

아니다.

〈매일, 매일 기다리고 있었습니다. 당신이 있다는 것은 훨씬 전부터 알고 있었습니다. 하지만 나는 매일 일어나서 기다리고 있었습니다.〉

그런 편지도 많이 받았다. 산뜻한 불륜이란 없다는 것은 알고 있었지만 그래도 마음이 무거웠다.

화면에 나오는 것이 같은 남자이기에 그 심정에 동조하기 쉬웠던 것이다.

마지막으로 부인을 만났을 때 그녀는 그이에 대한 험담을 지독하게 늘어놓았다. 그녀의 기분은 마음이 아플 정도로 이해했지만 화가 나서,

「부인, 그런 남자에게 그만 집착하시지요」

하고 말하고야 말았더니 즉각 부인이 나를,

〈찰싹〉

하는 소리를 내며 손바닥으로 때렸다.

아파서 눈물이 나왔다.

그 손의 감촉을 느낀 곳에서부터 내 몸 속에 이방인처럼 〈기다림〉이 뿌리를 내려 번식을 시작했음에 틀림없다. 에너지가 빨려 들어가 여러 종류의 측정기의 수치가 내려갔다.

그렇지만 하는 수 없다고 생각한다. A라는 사람의 꿈이나 희망이나 장래를 B라는 사람이 모두 빼앗았을 때 (나는 그렇게는 생각지 않는다. 흐름은 어떤 사람의 힘으로

도 바꿀 수 없는 것이고 그대로 헤어지지 않는 것이 A에게 건전한 장래라고는 결코 생각할 수 없다. 하지만 A는 그렇게 믿고 있다), A가 B에 대해서 자신의 장래에 걸었던 에너지를 전부 쏟아붓는다면, 더구나 부정적인 것으로 변환해서 부딪쳐 온다면 이 정도의 영향은 당연하다고 생각한다.

각인되어 나도 모르게 이런 생각을 하고야 만다.

〈나를 좋아하게 되었던 흐름과 똑같은 것이 언젠가 다시 다른 사람과 그이 사이에 찾아온다.〉

신혼에 느끼게 마련인 이런 불안이 점점 쌓여서 어쩐지 항상 어깨가 무겁다. 내일은 그저 그런 오늘의 연속이고 앞으로의 일을 생각해도 즐겁지 않다.

옛날 사람은 악령이라고 불렀을 듯한 그 어떤 것. 사념의 힘. 사람이 사람을 미워하는, 압력.

그런 것이 만일 있다 해도 하는 수 없다. 나는 아마 그만한 짓을 했을 게다. 흐름을 바꾼다. 개요를 변경한다. 잘못해서 생긴 에너지가 여기에 집중된다.

남에게 말하면 「단순히 새로운 생활로 인한 피로야, 남과 생활한다는 것은 힘든 일이니까」라고 말할 게다. 그 말도 맞다. 지금의 모든 것은 이 상태의 커다란 하나의 덩어리로 그 어느 것도 그 일부분에 지나지 않는다. 그가 오랜 세월 살아온 예전의 생활보다 이 생활에 아직 익숙해지지 않는 것도, 사실은 0.00001%쯤은 나도 미안하게 생각하고 있는 것도.

　그러한 피로가 정점에 달한 느낌이 드는 어느 날의 일이었다. 나는 감기 기운으로 머리가 아팠다. 그는 저녁 식사는 필요없다고 했는데 비교적 일찍 돌아왔다.
　그리고 웃음 띤 얼굴로 「이거 누가 줬어」라고 말하며 가방 속에서 물컹물컹한 오렌지색 꾸러미를 꺼냈다.
　「뭐야, 그게?」
　하고 나는 말했다.
　「김치야」
　그는 말했다.
　「왜 회사에서 김치를 가지고 돌아온 거지?」
　나는 받아 들며 물었다. 봉지에서는 맵고 맛있는 냄새가 났다.
　「말 안 했던가? 오늘은 회사에 얼굴만 내밀고 엔도(遠藤)네 집에 갔었어. 디자인 부탁하러 말이야. 그랬더니 부인이 집에서 만든 김치를 나눠주었지. 부인이 한국 사람이라서 맛있어」
　사실일 거라는 걸 알고 있다. 이렇게 치밀한 거짓말을 할 수 있는 타입이라면 지금쯤 나와 정식으로 결혼하거나 하지 않았을 게다. 하지만 거짓말일지도 모른다. 만들어서 파는 걸 사온 거라 비닐 주머니를 자세히 보면 제조회사의 상표를 뜯어낸 자국이 있을지도 모른다.

물론 나는 확인하거나 하지 않는다. 비굴한 인간이 되고 싶지 않다. 하지만 망상에 빠진다는 건 이런 것이다. 그 사람보다도 그 누구보다도 자신을 신뢰할 수 없어지기 시작한다.

「고마워」

하고 힘없이 말하고 잘 보지도 않고 냉장고에 넣었다. 그게 고작이었다.

두통은 가라앉았지만, 동생과 전화를 해도 목욕을 해도 기분은 좋아지지 않았다.

「무슨 일이 있었어?」

하고 그가 물을 정도로 어두운 얼굴을 하고 있는 것을 스스로도 알았다.

「아무것도 아니야」

라고 말하면서도 웃음지을 수가 없었다.

에너지가 약해졌어, 고갈되었어.

그래도 김치를 안주로 맥주를 마시며 어쨌든 하루가 끝나가고 있었다. 그다지 재미도 없는 TV를 보며 둘이서 별 생각 없이 이야기를 하고 있었다. 아무리 해도 기분이 맑아지지 않고 이야기도 재미가 없었다. 「요즘 몸이 안 좋아 보여」라고 그는 말했고, 「그렇지도 않아」라고 나는 말했다. 「조금 피곤한 것 같다는 생각은 하지만」 하고. 그때였다.

그 변화가 자신 속에서 너무도 분명했기 때문에 무심결에 시계를 보고야 말았다.

10시 15분.

문득 정신차려 보니 갑자기 머리가 맑아져 있었다. 계속 눈앞을 뒤덮고 있던 안개가 걷힌 듯한 느낌이었다. 무슨 일이 일어났는지 몰랐지만, 〈아! 옛날에는 세상이 이렇게 보였구나〉 하고 나는 생각했다.

옛날?

그래, 그를 만났을 때 나는 항상 인생의 모든 맛을 음미하는 듯한 기분으로 지냈다.

데이트 약속을 한 맑게 갠 아침의 애달픔.

둘이서 있을 수 있는 짧은 시간의 바람 냄새, 걷는 속도마저 너무 빨라서 흘러가는 듯했던 거리의 각도.

유리, 아스팔트, 우체통, 가드 레일, 자신의 손톱. 가게의 진열장.

빌딩의 창에 반사되는 햇빛. 모든 것을 세포에 새겨넣는 힘, 그 무엇에도 이길 수 있다는 확신.

이기기 위해서, 잊어버리지 않기 위해서 순간순간을 소중히 여기고 정보로서 몸에 저장하려는 작용.

사랑에 의해서 넘친 에너지, 크게 떠진 눈.

예전과 똑같이 아름다웠다. 아름다워. 뭐든지 잘 보여서 선명하다. 사물 하나하나가 향기를 풍기듯이 그 존재의 윤곽을 뚜렷하게 드러낸다.

배 쪽에서 들뜬 기분이 용솟음쳐 오는 것이 느껴졌다. 눈을 감으면 눈앞에 대리석처럼 소용돌이치는 에너지의 흐름이 보였다.

〈정말로 지금 무슨 일이 일어난 걸까?〉 하고 생각했다. 어째서 갑자기 그 감각이 되살아난 것일까.

바로 그때 전화가 울렸다. 그가 받아서 이야기하기 시작했다.

나는 맑아진 머리로 빈 깡통을 부엌으로 가져갔다. 어쩐지 즐거운 마음마저 들기 시작했다. 좀더 마실까 하고 냉장고에서 맥주를 꺼냈다. 문득 정신차려 보면 난 얼마나 좋은 곳에 있는 걸까. 내일에 대한 걱정도 없고, 집은 밝고, 둘이서 선택해서 이사한 기분 좋은 공간이 있다. 여기에서 자고 일어나면 내일이 온다. 지금까지 뭐가 마음에 걸렸을까.

그는 거실에서 응, 응, 하고 끄덕이고 있었다. 누구 전화일까 하는 생각을 하면 조금 전까지 우울해졌을 게다. 하지만 지금은 다르다.

〈누구냐고 물으면 되지〉 하고 생각했다. 아마도 심한 질투란 거의 모든 경우에 본인과 상대방과의 관계성이 아니라 단순히 에너지가 약하다는 걸 드러내는 것이리라.

맥주를 가지고 가니까 그는「잘 있어」하고 전화를 끊었다.

「누구야?」

하고 물으니,

「○○○한테서」

하고 전처의 이름을 말했다. 놀라지 않을 수 없어서 (집으로 전화를 걸어온 적이 없었기 때문에),

「어쩐 일이야?」

하고 물었다.

「이제 나이가 많아서 데려가줄 사람도 없다며 원망의 말을 퍼붓던 주제에 젊은 남자와 결혼하기로 했다는군. 오늘 호적에 올리고 이사할 곳도 정하고 왔대. 말하지 않을 생각이었는데 갑자기 말하고 싶어졌다는군」

〈그렇구나〉하고 나는 생각했다. 이런 건 우연이 아니고, 하지만 틀림없이 흔히 있는 일이다. 돌고 돌아서 연결되어 있다. 그 점에 대해서는 이상하게도 놀라지 않았다. 자연스럽게 받아들였다. 쌓아두고 있던 무게로부터 해방된 용서가 이렇게 밤을 떠돌아다닌다. 이제 원망하지 않기로 했다. 누군가가 원망하고 있을 자신을 잊어도 될 때가 되었다.

「약간 쓸쓸해?」

하고 묻자,

「아니, 이제야 겨우 여기에서 진정으로 생활을 시작할 수 있다는 생각이 들어」

하고 말했다.

「지금까지는 그렇지 않았다고 말하려는 것이 아니라 나쁜 짓을 했다고 생각하고 있었으니까」

「알아」

하고 나는 말했다.

기분이 고조되었던 건 원한이 사라졌기 때문만은 아니었던 듯 열이 나고 있었다.

나는 얼음베개를 하고 자기로 했다.

옆 침대에서 그가 말했다.

「뭔가 이 방에서 이상한 냄새가 나지 않아?」

「나도 그렇게 생각해. 김치 냄새가 나」

나는 대답했다.

「우리들한테서 냄새가 나는 걸까?」

그는 말했다. 냄새의 출처를 찾기 위해서 우리는 여기저기를 쿵쿵거리며 돌아다녔다.

「알았다. 네 얼음베개다」

그가 웃었다.

맡아보니 정말 그랬다.

「냉동실에도 냄새가 배었나 봐」

나는 말했다. 얼음베개에 타월을 말아봐도 어딘지 모르게 냄새가 났지만 머리가 뜨거운 것에 비하면 괜찮으니까 참고 그대로 자기로 했다.

전기를 끈 침실에 김치 냄새가 약하게 감돌고 있었다.

그러고 나서 잠깐 꾸벅꾸벅 졸다가 꿈을 꾸었다.

단편적이었지만 강렬했다. 한국의 시장을 걷고 있다.

내 한쪽 손…… 펴고 있는 듯한 느낌이 들던 한쪽 손이 누군가와 연결되어 있다.

올려다보니 그였다.

밝은 태양, 강한 햇빛을 받아 빛나는 여러 가지 물건들. 웅성거림, 마늘 냄새, 눈썹을 짙게 그린 여자들.

눈이 부실 정도의 색채.

김치를 고른다.

나무통이랑 항아리 속의 선명한 빨강.

〈오이김치를 사고 싶군〉 하고 그가 말한다.

〈좀더 멀리 사러 가기로 해. 저쪽까지〉 하고.

거기에 육체적인 현실이 끼여들었다. 맥주를 너무 많이 마셔서 화장실에 가고 싶어진 것이다. 눈을 뜨고 일어나니 아직 상당히 열이 있었다.

화장실에서 돌아오니 그가 어둠 속에서 눈을 뜨고 있다는 걸 알았다.

「잠이 안 와?」

하고 묻자, 잠에 취한 목소리로,

「김치꿈을 꾸었어. 너와 불고깃집에 간 거야」

하고 말했다.

「아, 나도」

「냄새라는 것이 대단하군. 그 무엇보다도 직접적으로 뇌에 들어오는군」

「정말이야」

「잘 자」

「잘 자」

드러눕자 김치 냄새가 나는 차가운 베개가 뜨거운 머리에 또다시 기분 좋게 닿았다.

꾸벅꾸벅 졸며 나는 생각했다.

같은 음식, 같은 냄새, 같은 방에 포함된 정보가 꾸게 한 똑같은 꿈. 제각기 다른 몸을 가지면서 공유할 수 있는 것, 생활. 살아간다는 것의 의미.

수많은 것들의 물컹물컹한 무게를 견디며 여기까지 왔다.

생각해 보면 죽 아주 오랫동안 그렇게 해온 듯한 느낌이 든다.

어릴 때부터. 태어나기 전부터.

그것을 알아버린 듯한 느낌이 든다.

그걸 앞으로도 계속해 갈 듯한 느낌이 든다.

싫더라도. 죽을 때까지. 죽고 나서도.

하지만 지금은 휴식할 때가 왔고, 많은 일들이 오래 끌기도 했고 피곤해서 이제 졸리다. 오늘 하루가 끝난다. 다음에 눈뜨면 아침 해가 눈부시게 비치며 또 새로운 자신이 시작된다. 새로운 공기를 마시고 본 적도 없는 하루가 생겨난다. 어릴 때 시험이 끝난 방과후나, 특별 활동 대회가 있었던 날 밤에는 언제나 이런 느낌이 들었다. 새로운 바람 같은 것이 체내를 떠돌아다니고 틀림없이 내일 아침에는 어제까지의 일이 전부 말끔히 제거되어 있을 게다. 그리고 자신은 가장 근원적인, 진주와도 같은 빛과 더불어 완전히 눈을 뜨겠지. 항상 기도하듯이 그렇게 생각했다. 그 당시와 비슷한 정도로 단순하고 순수하게 그렇게 믿을 수가 있었다.

피와 물

나는 상당히 오랫동안 오컬트랄지 종교, 뉴에이지, 기타로(일본의 작곡가이자 연주가——옮긴이), 정신적 교감, 그런 모든 것을 까닭없이 싫어했다. 그런 부류의 것이 신문이나 텔레비전, 길거리 등에서 눈에 스치기만 해도 외면할 정도였다.

지금은 조금 달라져서 더욱 미묘한 감정을 가지고 있다. 예를 들면 모양이 밉다고 해서 자신의 코를 미워하지는 않는 것처럼, 혹은 몸 속을 흐르는 혈액을 의식하지 않는 것처럼.

내 양친은 평범하게 살아가기에는 너무 선량했다. 원래 인품에 의해 모은 재산을 어떤 남자에게 속아서 포기

해야만 했던 것은 내가 아직 어렸을 때의 일이었다. 아버지의 오랜 친구이자 동업자였던 그 남자를 용서하는 고행을 수행하기 위해서, 양친은 밀교를 바탕으로 한 이름도 없는 종교에 빠져들었다. 교주는 독심술에 능하고, 나 같은 사람이 보기에는 마음씨 좋은 아저씨에 지나지 않는 사람으로, 신자와 함께 마을을 만들어 살며 몇 명인가의 브레인들을 데리고 차근차근하고 착실하게 포교 활동을 하고 있었다. 아버지는 어느 날 거리에서 교주가 친절하게 건네온 말에서 뭔가 〈중요한 것, 그때 원하던 답〉을 얻었다고 한다. 내가 아무리 물어도 아버지는 그 말이 어떤 것인지 가르쳐주지 않았다. 이윽고 양친은 집도 토지도 팔아 빚을 갚고 어린 나를 데리고 작은 마을에서의 공동 생활에 들어갔던 것이다.

나는 그곳에서 12년 간 살았다.

모든 것이 어쩐지 견딜 수가 없어져서 도망쳐 나온 것이 18살 때였다.

특별한 이유는 없었다. 나쁜 사람도 없었고 양친을 좋아했었다. 다만 도저히 어찌할 수가 없었던 그 날의 충동은 시골 사람이 〈도쿄로 가고 싶다, 도쿄에 가기만 하면 어떻게든 될 거야〉라고 생각하는 기분과 비슷할까? 같은 입장에 처한 적이 없기 때문에 잘 모르겠다. 어쩌면 단지 내 존재와 양친을 지탱하고 있던 종교라는 틀에 절망했는지도 모른다. 정신 차려보면 썩는 냄새처럼 마을과 양친과 나에게 배어드는 약자의 냄새에.

내 눈동자에 깃들여 있는 그런 유치한 세계관을 아버지나 어머니, 교주나 신자들은 몇 번이고 그들의 세련되고 원대한 사고로 감싸려고 했지만, 연령에 수반되는 에너지를 막는다는 것은 어느 누구에게도 불가능했다. 머나먼 곳을 향한 내 눈동자가 보고 있던 것은 산 저편에 있을 좀더 끈적끈적하고, 더욱 강하고, 무척 아름다우리라고 생각되는 〈인간〉이라는 것에 대한 꿈이었다. 울기도 웃기도 하고, 속이거나 배반하기도 하고, 무척 착실하기도 해서, 짓밟히고 짓밟혀도 웃을 수 있는, 그렇게 생동적으로 살아가고 있을 가공의 사람들이었다.

그 사람들은 내가 아는 신자들과 달리, 미소를 지으며 싫은 것으로부터 도망친다든지, 정말은 싫어하는데도 사랑한다고 한다든지, 화가 났으면서도 용서한다고 말하거나 하지는 않을 게다. 마을 사람들의 섬세한 상냥함이나 교묘하게 타인을 거부하는 수법은 살아 있는 내 마음을 침식해 가는 것 같았다. 물론 그 중에는 대단한 사람도 있었다. 득도를 했다는 식의 값싼 말로는 설명할 수 없는 사람. 어떻게 하면 인간이 저렇게 될 수 있을까 하는 생각이 들 정도로 멋진 사람. 나로서도 존경하지 않을 수 없었다. 하지만 결국 그렇게 되기 위해서는 나는 그곳을 떠나지 않으면 안 된다고 생각했다.

실제로 와보니 거리의 평범한 사람들은 마을에 있던 사람들보다도 더 애매모호한 사람들이 많았다. 하지만, 뭐랄까, 역시 가끔 멋진 사람이 있어서 깜짝 놀라기도 하고, 폭소를 터뜨리기도 하고, 여하튼 즐거워서 어찌할 줄을 몰랐다. 그 독특한 톤을 제외하고는 멋진 사람과 도망칠 가능성이 많은 사람의 비율이란 어디에 가도 마찬가지라는 걸 알았다.

그럼 어째서 도쿄에 있는 걸까?

하고 가끔 생각했다.

어머니가 사온 단 한 벌의 수수한 검은색 원피스를 단 벌 나들이옷으로 십수 년이나 입어봐. 게다가 자신을 예쁘게 보이고 싶어서 나름대로 노력하고 있다고 생각해봐. 덕분에 나는 도쿄에 오고 나서는 어떤 옷을 입어도 기분이 좋아서 아무리 형편없는 옷이라 해도 오기로 기어코 입고야 말았다. 비용을 의식하지 않고 어디고 갈 수 있고 그 어디에도 섞일 수 있는 이상적인 상태가 되었다. 요컨대 일종의 수행을 쌓은 사람처럼 〈자신〉이라는 것의 색깔이 확정되었던 것이다.

처음 얼마 동안 나는 매일 어디를 가도 그저 즐거워서 눈에 보이는 모든 것이 반짝반짝 빛났었다. 그저 거리를 보고 있는 것만으로도 좋았다. 공기가 탁해도, 별이 적어도, 몸이 나른해져도 행복했다. 줄곧 밖에 있었다. 게임센터도 디스코 장도 공원도 술집도 찻집도 파르코(도쿄의 백화점 —— 옮긴이)도 이세탄(도쿄의 백화점 —— 옮긴이)도 뭐든지 아름다워서 마냥 들뜨게 했다.

게다가 다행스럽게도 어디까지나 종교에 대해서 개방적인 양친은 억지로 나를 데리고 돌아가려고는 하지 않았다. 언제라도 돌아오라는 내용의 긴 편지와 함께 통장과 도장을 보내왔다. 마을에서는 돈이라는 것을 별로 사용하지 않았지만 사유 재산의 소유를 허용했다. 통장에는 아버지가 모든 것을 잃어버린 사회 생활의 희미한 흔적이 슬픈 숫자로 남아 있었다. 그 돈으로 거처할 곳의 보증금을 치를 수가 있었다.

그렇게 얼마간을 보낸 후 돈이 다 없어질 때쯤 잠시 사귀고 있던, 처자가 있는 연상의 남자가 차린 디자인 사무소에 들어갈 수가 있었다. 나는 의무 교육을 받지 않은 대신에 마을에 있던 여러 사람들로부터 많은 것을 배웠다. 미대 출신이 많았기 때문에 데생이나 디자인의 기초는 배웠다. 그 밖에도 워드 프로세서를 치는 법이랄지 간단한 수학, 야외에서의 산뜻한 섹스까지. 그곳에서는 여하튼 모두가 한가해서 할 일이 없었기 때문에 각자 할 수 있는 것을 한가롭게 서로 가르쳤던 것이다.

그래서 나는 사회인과 섞여도 그렇게 얼뜨기는 아니었

다. 자신이 성장 과정에서 입은 상처를 스스로 잘 알고 있는 셈이었고, 상식을 알고 있었다. 자신의 선택에 의해서 마을을 나왔다는 것도 자각하고 있었다. 밸런스를 주시하며 잘 지내고 있었다.

그래도 가끔 부모를 생각하며 한밤중에 발작하듯이 울음을 터뜨리고야 마는 때가 있었다.

그건 외로움보다도, 만나고 싶어하는 마음보다도, 감사보다도, 지금 이 지구상에서 양친과 모든 사람이 예전과 똑같이 살아가고 있고, 모두가 비록 독특한 방법이긴 하지만 나를 진심으로 사랑하고 있고, 언제라도 그 이상한 톤의 밝기로, 그리고 거짓이라고 생각하긴 했지만 내가 가장 익숙해져 있는 그들만의 기묘한 상냥함으로 맞아주리라는 걸 알고 있기 때문이었다. 날이 밝으면 전차를 타고 그곳으로 돌아가겠노라고 진심으로 생각한다. 무척 그립다. 사람은 보통 과거로는 결코 되돌아갈 수 없는데, 돌아갈 수 없다는 것 때문에 어쩔 수 없이 앞으로 나아가는데, 나만은 시간이 멈춘 저 초록색의 나날로 지금 곧 돌아갈 수 있는 것이다. 그건 강렬한 유혹이었다.

하지만 자신이 그렇게 하지 않으리라는 걸 알고 있다. 쓸쓸하기도 하고 자신이 여기에서 무엇을 하고 있는지도 모른다. 하지만 되돌아가서는 안 된다고 내 육감이 말한다. 그건 99퍼센트 진정으로 돌아가고 싶어하는데 아무래도 허락이 떨어지지 않는 것 같은 느낌이었다. 그래서 한밤중에 이불 속에서 몸부림치며, 이를 악물고 견뎠다.

그러고 나면 다음날 아침에는 어김없이 해가 떠 있고 나는 세수를 하고 회사에 간다. 어젯밤 어째서 그토록 괴로웠는지 생각이 나지 않을 정도로 텅 빈 머리로. 부은 눈두덩도 전차를 탈 때쯤 되면 가라앉아 있다. 내가 가끔 이상한 발언을 하거나 하면 모두가 〈부시맨〉이랄지 〈코사인맨〉이라며 웃지만 인기는 높다. 사랑의 고백을 듣기도 하고, 싸움을 걸어오기도 하고, 야단을 맞기도 하고, 고민의 상담역을 하기도 하고, 생일 선물을 받기도 한다.

그렇게 순조롭게 2년을 보냈다.

아키라를 만나기까지는 그랬다.

아키라를 만나서 이곳에 온 이유를 알게 된 듯한 느낌이 들기까지는.

나는 지금 아키라와 살고 있다.

그는 아무 일도 하지 않는다. 쭉 집에 있으며 어떤 것을 만들고 있다. 그것은 금속과 나무로 만들어지며, 손으로 쥘 수 있을 정도의 크기로, 딱히 뭐라고 할 수 없는 모양을 하고 있다. 액세서리가 아니다. 펜치랑 조각칼을 사용하며, 나는 그다지 깊이 생각하고 있지 않지만, 이를테면 숟가락을 구부릴 때와 비슷한 힘을 가하기도 하는 듯하다.

나는 디자인 사무소에 나가는 한편, 부업으로 소문을 듣고 그걸 사러온 사람에게 판매도 하고 있다. 아키라가 별로 사람을 만나고 싶어하지 않기 때문이다.

오늘의 손님은 전화 목소리의 느낌으로 말하자면 20대 후반 정도의 여자였다.

「다녀올게」

하고 내가 말하자 아키라는 현관까지 배웅해 주었다.

신주쿠의 고층 건물들 속에 있는 찻집에서 만나기로 했다. 내 빨간 치마로 서로를 알아보기로 했다. 그녀는 곧바로 나를 알아봤다. 정장을 했고 얼굴의 윤곽이 뚜렷한 아름다운 사람이었다. 나와 눈이 마주치자 웃으며 가볍게 고개를 끄덕였다.

「처음 뵙겠어요」

나는 말했다. 나는 이름을 밝히거나 하지 않는다. 명함도 건네지 않는다. 아키라가 사업 확장이 귀찮다고 하니까.

「처음 뵙겠어요. 오쿠보라고 합니다」

그녀는 밝은 목소리로 자신의 성을 밝혔다.

나는 「여기 주문하신 것이……」라고 말하며 얇은 갈색 종이에 싼 물건을 가방에서 꺼냈다. 테이블에 놓자 쿵

하는 소리가 났다.

「봐도 될까요?」

어린아이 같은 표정으로 그녀는 손을 뻗쳤다. 우리 고객에는 이렇게 정직해 보이는 사람이 많아서 안심이 된다.

「물론이죠」

나는 말했다. 그녀는 부스럭거리며 포장을 뜯고 물건을 꺼냈다.

「이게 그……」

하고 그녀는 말하고 잠시 손 위에 올려놓고 잠자코 있었다. 뭐라 표현할 수 없는 표정을 짓고 있었다. 곤란한 듯한, 행복한 듯한.

나는 그녀의 기분을 충분히 이해했다. 나도 그랬었다.

처음 만났을 때, 아키라는 아직 학생이었고, 친구의 친구였다. 소개를 받아 눈과 눈이 마주친 순간 나는 그로부터 아주 진한 종교적인 냄새를 맡았다. 작은 키, 빛나는 눈, 행동거지, 그 모든 것. 파도가 일듯이 발산되는 그리운 공기를 느꼈다.

그래서 싫어졌고, 싫어하는 것과 같은 정도로 필연적으로 좋아하게 되었다.

나는 마을에서 심리학도 공부했기 때문에 마을을 떠나면 어떤 형태일지는 모르지만 여파가 있을 게 확실하다고 생각하고 있었다. 그 여파가 자연스럽게 생긴 거라면 그 어떤 것이든 어쩔 수 없는 것으로서 받아들일 수밖에 없다는 것도 알고 있었다.

여파라는 말은 행복과 매우 비슷하다. 그래서 다행이다. 그 여파가 남자의 형태로서 나타난 것은 괴로웠지만 다행스런 일이었다. 평범하게 살아가는 사이에 어느새 노이로제에 걸리거나, 같은 회사 사람과 행복한 결혼을 했지만 태어난 아이를 목졸라서 죽이고 싶어진다거나 하는 형태로 나타나는 것보다는 적어도 훨씬 수월한 대처 방법이 있을 것 같았다. 나는 내 인생의 초반의 무게를 알고 있었기 때문에 그 정도의 것은 각오하고 있었다. 슬픈 일이지만 양친의 가계에 비정상적으로 암 발생률이 높은 사람이랄지, 심한 빈혈증이랄지, 그런 걸 떠안고 있는 사람과 같은 정도로 숙명적으로 피할 수 없는 피의 무게를 확실하게 느끼고 있었다.

「어떤 일이 있어도 나는 나지, 다른 부모가 키운 아이가 될 수는 없어」

그와 함께 살기 시작했을 때 내가 너무도 정서 불안이었기 때문에 그가 나를 위해서 만들었던 행운의 마스코트가 이 장사에서 시험 삼아 만든 작품 제1호였다.

한번 갖게 해주고 싶어, 너에게도.

이 세상에 단 한 개뿐으로 나만을 위해서 있는 것, 따져 물으면 모두가 가지고 싶어하는 그런 어떤 것을 형체화한 것.

아마도 젖먹이가 처음으로 어머니의 젖꼭지를 입에 물었을 때와 같은 감촉일 거라고 생각한다. 여하튼 철저하게 그리고 전적으로 이곳에 있는 것이 허용되었다는 걸 느꼈을 때의 부드러운 충격, 아키라가 만드는 것에는 그런 힘이 깃들여 있다.

자, 하고 손바닥에 건네주었을 때 스코올과 같은 따뜻한 눈물이 마음속의 하늘을 스쳐가는 것을 알았다. 손이 저릴 정도로 무겁고 여린 느낌이어서, 옛날에 어릴 적에 갓 태어난 아기새를 올려놓았을 때의 일을 떠올렸다.

「이런 걸 갖게 되어서 어떻게 하지. 형태가 있는 건 전부 부서지는데」

라며 내가 울었더니, 그는

「몇 번이고 없애도 또 얼마든지 만들 수 있으니까. 만들어줄게」

하고 말했다.

그때 무척 긴 꿈에서 깨어났다.

번쩍 하고. 이거였구나 하고 깨달았다.

비록 그것이 거짓이라고 해도, 그것은 나에게 있어서, 즉 집과 대가족과 아이덴티티를 전부 놔두고 와버린, 스스로는 알아차리지 못했지만 불안해했던 나, 모든

게 한꺼번에 변하거나 없어져 버리기도 하는 일이 이 세상에는 정말로 있으니까, 그래서 무서워서 그 어떤 것에도 마음을 두기 어려운 상태였던 나에게 있어서 가장 중요한 주문(呪文)이었다.

아버지도 교주에게 그런 말을 들었던 걸까 하고 생각했다. 처음으로 아버지를 조금 이해한 듯한 느낌이 들었다.

그 순간, 그때의 〈나〉에게만 해당되고, 다른 사람이 듣기에는 진부하거나 너무 흔한 그런 말. 말을 한 쪽은 아무 생각 없이 멍청히 있고, 그러면서 사실은 자신이 한 말의 힘을 어딘가 마음속 깊은 곳에서 반드시 알고 있다. 자기가 어딘가 저 멀리 아름다운 곳에서 그걸 가져와서 내밀었다는 걸 느끼고 있다.

「어쩐지 이상한 느낌이 드는군요」

고객은 말했다.

「그래요?」

하고 나는 말했다.

「저는 친구한테 들었어요, 이 행운을 가져다주는 마스코트에 대해서」

그녀는 커다란 눈으로 똑바로 나를 보며 말했다.

「그러세요?」

나는 말했다. 나는 각자의 사정을 되도록 듣지 않기로 하고 있다. 하지만 이런 느낌의 사람은 기본적으로 신뢰할 수 있고 필요 이상으로 자신에 대해서 장황하게 말하지는 않는다. 그렇게 직감했기 때문에 나는 여느 때처럼 제지하지 않았다.

「전 결혼 전에 몇 번이나 중절을 해서, 부끄러운 이야기지만, 그래서 결혼을 했는데도 좀처럼 아이가 생기지 않는데, 남편은 다정한 사람이지만 말을 할 수가 없어서요. 병원에서는 아무 문제가 없다고 하는데도 말이에요」

「그래서 친구가?」

「그래요. 하지만 아무에게나 만들어주는 것이 아니라고 해서 긴장했어요」

그녀는 웃었다.

「괜찮아요」

나는 말했다. 이런 조심스러운 의뢰 중에도 확실히 거절하는 경우는 가끔 있었지만 아키라의 경향으로 보건대 이런 사람은 괜찮았다. 그것은 이제까지 해온 것으로 판단되는 것이 아니라 인생에 대한 본연의 자세와도 같은 것이 괜찮다고 느끼는 것이리라.

아키라는 고객의 표정을 나보다도 더 듣고 싶어하지 않는다. 알아버리면 생각을 하게 되어 잘 만들 수 없다고 한다. 이런 일도 있었다. 어느 날, 말기 암으로 병원에 있는 어머니가 갖고 싶어하니까 꼭 만들어달라고 찾아온 남자가 있었다. 남자가 아무리 필사적으로 부탁해도 아키라는 만들 수 없다고 했다. 웬일인지 만들 수 없다고 고집을 피웠다. 남자는 어머니의 추억이랑 성격을 상세하게 말하며 애원하기 시작했다. 마음이 착한 아키라는 이윽고 울기 시작했고, 그런데도 역시, 〈내가 만드는 것은 당신 어머님에게는 맞지 않는다고 생각합니다〉하고 말했다. 남자는 하는 수 없어 돌아가고 나는 〈어째서 못 만드는 걸까〉라며 계속 울어대는 아키라를 언제까지고 달래주어야만 했다.

후일, 그 남자는 주술(呪術) 상품을 제조 판매하는 회사의 스파이였다는 것을 소문으로 알았다. 내 감상은 이러했다.

「사내 대장부가 주술 상품 회사라니 한심스럽군. 게다가 아키라를 염탐하러 오다니 더욱더 바보스럽군. 어쩐지 궁티 나는 얼굴이라고 생각했어. 하는 일은 그다지 다르지 않은 것 같지만 아키라 쪽이 100배는 훌륭하지」

아키라의 감상은 이러했다.

「그랬군. 그래서 만들 수가 없었던 거군」

그 이상도 이하도 아니었다.

나는 약간 감동해서 〈틀림없이 이래서 우리가 함께 있는 걸 거야〉 하고 생각했다.

「감사합니다」

하고 말하며 돈이 든 봉투를 두고 그녀는 사라졌다. 아마 곧 아이가 생길 거라고 생각한다. 나는 잠깐 접한 것뿐인데도 진정으로 그녀가 불쌍해져서, 〈힘 내세요〉라고 말하고 힘찬 악수를 하고 헤어졌다. 종종 아키라가 〈밖에서만 상냥한 척하고 다니는 거 아냐? 집에서는 무척 냉담한 주제에〉 하고 화를 내지만 정말로 그렇기 때문에 어쩔 수 없다. 이런 깊은 관계가 아니라 오히려 스쳐가는 사람에 지나지 않는 그 누군가에게 호감을 가지게 되면 더 이상 억제할 수가 없다. 긴장과 더불어 이미 가슴이 벅찰 정도로 마음이 부드러워지고, 좋아서 너무 좋아서 견딜 수 없어져 이 사람을 위해서 뭐든지 하고 싶다고 그 순간 나는 항상 진심으로 생각한다.

방으로 돌아오니 아키라는 비디오를 보고 있었다. 뭘보나 하고 들여다보니 「라이트 스탑」이었다. 마침 비행사가 대기권 내에 돌입하려는 순간이었다. 중력 때문에 힘들겠구나 하고 생각했다. 그 장면을 아키라는 자신의 일이라도 되는 듯이 고통스러워하는 표정으로 보고 있었다. 그렇게 집에 있을 때의 아키라는 정말로 평범한 사람으로 어쩐지 존재감도 없고 근성도 없어 보여서 이 사람의 그 어디에 사람을 치유하기도 하고 많은 것들을 알

아차리게 하는 그런 대단한 것을 만드는 힘이 숨어 있는
지 전혀 알 수가 없어진다.

「어서 와」

하고 그는 말했다.

「아버지한테서 편지가 와 있어. 책상 위에 놓았어」

「그래?」

나는 놀라서 책상 위를 보았다. 항상 아키라가 그 위
에서 작업하고 있기 때문에 금속 조각용 도구가 어수선
하게 놓여 있는 낮은 책상에 두툼한 봉투가 놓여 있었다.

3년 만에 아버지를 만난 것은 지난달의 일이었다. 벚
꽃이 지고 난 우에노(上野 ──도쿄에서 벚꽃의 명소로서
가장 유명한 공원이 있는 곳 ──옮긴이)에서 아키라에게
함께 가달라고 해서 만났다.

아버지가 친구(예전에 사기를 당했던 그 남자는 아니었
다)를 만나러 도쿄에 오는 김에 나를 만날 수 없겠는지
회사로 전화를 건 것은 3월의 일이었다.

나는 깜짝 놀랐다. 그가 마을을 벗어나는 일이 있으리
라곤 생각해 보지도 않았던 것이다. 10년 이상 아버지도
어머니도 마을을 떠난 적이 없다는 것을 알고 있었다.
그토록 벗어나고 싶어하지 않고 겁을 먹고 있던 그가 온
다니, 어쩌면 그럴 만한 많은 일들을 겪어서 회복된 것

일까 생각하는 사이에 문득 깨달았다. 내가 있으니까 나를 만나러 온다는 것을. 우리 종교에는 엄격한 터부랄 것은 거의 없었던 것 같지만 교주가 기꺼이 아버지의 먼 여행을 권한 것은 나를 만난다는 목적이 있었기 때문이라고 생각한다.

어쩌면, 아니 분명히 아버지는 나에게 돌아오라고 말할 거라고 생각했다. 그런 설득은 무서울 정도로 가슴에 사무칠 거라고 나는 예측했다. 만약 아키라를 만나기 전이었다면 나는 결코 아버지를 만나려고는 하지 않았을 것이다. 떨어져 있는 만큼 종속되어 있었기 때문에. 그리고 아버지가 이곳에 있는 기간 계속 괴롭고 음울하게 울며 지냈을 것이다.

자립이란 결혼이나 홀로 사는 것, 그런 것이 아니다. 전혀 다르다. 결혼해서 집을 나와 어린아이가 있어도 부모의 그늘 밑에서 사는 사람을 많이 봤다. 그것이 나쁜 것은 아니지만 어쨌든 자립은 아니라고 생각한다.

아키라를 만나고 나서 비로소 그걸 알았다. 그건 아키라와 새로운 한 쌍 혹은 가족이라는 것을 만들었다는 그런 달콤한 이야기가 아니라, 아키라를 만나고서 비로소 나는 자신이 혼자라는 쓸쓸함의 진정한 의미를 알게 되었던 것이다. 아버지도 어머니도 마을도 아니고 아키라와 생활하는 이 방이 아니라 나는 나 자신에 대해 생각하고 그렇게 하고 있는 건 이 세상에서 나뿐이라는 것, 덩 그러니 나는 여기에 있고 모든 것을 결정하고 있고. 그리고 나는 여기에밖에 없다.

적당히 표현할 수가 없다.

내 집에는 나뿐이고 내가 있는 곳이 항상 여기인데, 그런데도 마치 무척 아름답고 파란 동트기 직전의 하늘도 곧바로 또 다른 아름다움을 머금은 아침놀이 되어가듯이, 무엇 하나 붙잡아둘 수가 없다. 바로 그와 비슷한 것.

만일 이 사실을 좀더 일찍 실감했었다면 나는 마을을 떠나지 않았을 것이다. 떠날 필요는 없었다. 하지만 여기에 와서 아키라를 만나고 나서 깨달았다. 그러니까 나는 여기에 있는 편이 더 나, 차분히 그런 결론을 내렸다.

4월 10일, 일요일에 우에노의 시노바즈노 이케(우에노 공원에 있는 연못——옮긴이)의 벤텐도(弁天堂) 앞에서 아버지와 만나기로 했다. 어째서 거기냐면 옛날에 가족 셋이서 그곳을 종종 참배했기 때문이었다.

아버지를 만나는 것이 역시 두려워서 나는 그날 아침부터 이상했다. 아직 자고 있는 아키라에게 달라붙어서 성가시게 하기도 하고 접시를 깨기도 하고, 그게 슬퍼서 울어버리기도 하고, 그런가 하면 「웃어도 좋아 증간호」(TV의 인기 토크 프로——옮긴이)를 보며 스스로도 이상하게 여겨질 정도로 박장대소를 하기도 하고 엉망진창이었다. 자신이 뭘 하고 있는지 알 수가 없었다. 혼자서 가려고 생각했었지만 점점 마음이 괴로워지는 걸 느꼈다. 아키라만 있으면 어쩐지 괜찮을 것 같은 생각이 들어서「부탁이야. 역시 따라와 줬으면 좋겠어」하고 말하자 보통 때는 외출을 싫어하던 아키라가 좋다며 손을 잡고 따라와 주었다.

봄의 연못은 조용하고 많은 보트가 조용히 오가고 있었다. 잔뜩 찌푸린 구름 낀 하늘이 낮고 무겁게 퍼져 있었다. 20분이나 일찍 도착했는데도 벤텐도 앞에 아버지가 있었다.

아무 일도 없었던 듯이, 그리고 아무렇지도 않은 듯이 있었다.

나는 아무래도 가까이 갈 수가 없었다. 그래서 숨어서 아버지를 보고 있었다. 아키라는 그런 나를 밀어내려고도 하지 않고 힘을 빼서 축 처진 내 손을 쥔 채 함께 서 있었다. 아버지의 회색 상의, 낡고 검은 구두, 벗어진 머리, 뻣뻣한 무릎. 미칠 것 같았다.

그리고 비가 내리기 시작했다. 갑자기 굵은 빗방울이 엄청난 기세로 떨어진 것이다.

연못의 보트는 전부 황급히 물가를 향하고 있겠지 하고 나는 그곳에서 보이지 않는 연못에 대해 생각을 했다. 아버지는 가지고 있던 우산을 펴려고도 하지 않고 나를 기다리고 있었다. 불당의 짙은 갈색이 부옇게 보여 거리감이 없어진 채 아버지 뒤에 우뚝 서 있었다. 토산품점의 화려한 색채가 쓸쓸히 젖어 있었다. 아버지는 굳건히 서 있었다. 옆얼굴의 눈썹은 나와 똑같은 형태의 곡선을 이루고 눈빛은 오로지 나를 찾고 있었다.

그때 아키라가 말했다. 노래하듯이, 중얼거리듯이 말했다.

「아버지와 벤텐도와 비둘기가 비에 젖어버렸잖아」

그래서 나는 〈그래, 그렇구나〉 하고 생각했다. 걸어가서 「아버지」 하고 불렀다. 나는 울지 않았다. 아버지는 눈을 가늘게 뜨며 웃었다. 아키라를 소개하고, 아키라가 이제 돌아가겠다고 하는 걸 억지로 함께 밥을 먹으러 갔다. 어머니가 만든 잼을 받았다. 아버지는 돌아오라고 말하지 않았다. 나는 그래서 어쩌면 조만간, 언젠가 먼 장래에는 마을을 방문하러 갈 수 있을지도 모른다는 생각을 했다. 그런 생각은 무서워서 지금까지 한번도 한 적이 없었다. 그런데 가능성 정도이지만 예감은 약간 밝았다. 마치 대학생이 귀향하듯이, 그 언젠가?

지카코!
일전에는 만날 수 있어서 다행이었다.
좋은 사람과 살고 있어서 안심했다.

어머니도 그렇게 말했다.

맛있는 뱀장어를 대접해 줘서 고마웠다고 아키라 씨에게 전해 주렴.

그쪽으로 가는 비행기가 늦어진 데다가 매우 흔들렸다. 오랜 시간 기다리는 동안 많은 사람과 대화를 해 친해졌지. 신자가 아닌 사람과 이야기하는 것은 정말로 오랜만이어서 무척 기분이 밝아지고 진정으로 거리낌이 없는 기분이 되었단다. 도쿄에 있는 친척 집에 가는 아가씨, 아내와 자식에게 줄 선물을 지닌 샐러리맨, 노부부, 홀로 여행하는 청년, 그런 사람들이었다.

비행기가 갑자기 심하게 흔들리기 시작해서 불안해져 있던 참에 무척 당황해서 오가는 스튜어디스의 새파랗게 질린 얼굴을 보자 뭔가 이상한 분위기가 기내에 감돌게 되었지. 결국 무사했지만, 어쨌든 그건 심한 요동이었지. 죽음의 냄새가 났단다. 모두가 일제히 마음의 어딘가에서 죽음을 생각했었겠지.

나는 경전을 외운 끝에 죽는 것은 두렵지 않게 되었지만 다만 슬펐던 것은 조금 전까지 웃음 짓던 주위 사람들이 이제는 토하기도 하고 표정이 딱딱하게 굳어 있는 것이었단다. 이제 웃음을 잃은 채로 헤어지게 될지도 모른다고 생각하니 진정으로 괴로워지고, 그 사람들이 가여워지면서, 네 엄마나 친구나 너와 같은 정도로 중요해지고, 그러면서 나는 무엇보다도 그들이 웃음 짓던 그때를 기억하려는 생각만을 하지만, 내 마음은 슬퍼지면서 신앙의 길로 들어섰던 것을 처음으로 진심으로 긍정한 느낌이 들었단다.

예전의 나라면 결코 그런 것을 깨닫지 못했겠지. 모든 것은 부처님의 마음이야.

아빠와 엄마는 이곳에서 살아갈 거야.

너는 그곳에서 할 수 있는 일을 하거라. 어디에 있어도 너는 용서받고 사랑받고 있단다. 우리들에게서만이 아니라.

건강 조심하거라.

아빠가.

「참으로 종교 냄새가 풀풀 나는 편지로군」

하고 나는 너무나도 변함이 없는 점에 감동까지 하며 말했다.

「좋은 편지잖아」

비디오를 보느라 이쪽을 보지도 않고 아키라가 말했기 때문에,

「읽었어?」

하고 묻자,

「아니, 읽고 있는 네 얼굴을 보고 있었지」

하고 대답했다.

내 딱딱한 유연함과 아키라의 유연한 딱딱함이 음양의 하나의 소용돌이가 되어 계속 돌아가는 모습을 바라보고 있기로 하자.

그가 행운을 가져다주는 마스코트를 만들 수 없게 되어도 나는 술장사든 뭐든 할 수 있고 가난도 두렵지 않다.

다만 두려운 것은 버드나무 가지가 햇볕을 쬐고 나서는 다음 순간에 거센 바람에 흔들리듯이, 벚꽃이 피었다가 지듯이, 세월이 흘러간다는 것.

석양이 쏟아져 들어오는 이 방에, 뒹굴며 비디오를 보고 있는 그의 등에, 그리고 이 공기에 이별을 고하며 밤이 찾아오는 것. 그것만이 가장 슬플 뿐이다.

「저녁은 조주안(長壽庵)의 국수로 하자」

하고 아키라가 말했다.

「좋아」

하고 나는 대답하여, 살아 있는 한 지속될 그런 슬픔을 잠깐 동안 잊고, 그것이 결코 없어지지 않는다는 것을 잊고, 그렇게 하고 이제 곧 둘이서 나가기로 했다.

오카와바타 기담 (大川端*奇譚)

_____

* 大川端 : 도쿄의 스미다가와라는 강 하류의 강변

내가 성적으로 평범하다고는 할 수 없게 된 것이 언제부터였는지 잘 기억할 수가 없다.

남자하고도 여자하고도 경험을 했고, 그룹으로도 했고, 밖에서도 했고, 외국에서도 했고, 묶기도 묶이기도 했고 약을 사용하기도 했고, 직접 죽음으로 직결되는 것과 더러운 것 이외에 어쨌든 거의 모든 것을 했다고 생각한다. 돌아보니 어느새 온갖 것을 하고 있었다.

하지만 그로 인해 알게 된 것은, 이 세상에는 정말 더욱더, 더더욱 굉장한 걸 매일같이 해서 결국에는 죽고야마는 사람이 실제로 많이 있고, 도자기나 빵을 굽거나 바이올린을 켜는 것처럼 온갖 특정한 장르에 초심자부터 프로까지 많은 사람이 마음을 쏟고 있고, 온갖 심오함이 있고, 고상한 기분부터 지독한 천박함까지 모든 것이 포함되어 있어서, 그럴 생각만 있으면 인간은 그것에만 매달린 채로 전생애를 살아갈 수가 있다……라는 것이다.

그것이 〈도(道)〉라는 것일 게다.

모두 그 어떤 〈도〉를 거쳐가고 싶어서, 그래서 살아 있는지도 모른다.

나도 그런 걸 바라고 있었다고 생각한다.

여러 장면들, 그때 느꼈던 여러 가지 기분, 같이 참여했던 사람들에 관한 것. 그 사람들과 했던, 여하튼 그저 필사적이었던 쾌락의 감촉. 자신이 물체가 되고 신체는 정신에 녹아들어 가는 듯한 그 시간.

양심의 가책을 느끼게 하던 그 푸른 하늘. 빛, 푸르름. 그 모든 것에 떳떳하지 못하게 되어서 몸이 스러져 갈수록 견딜 수 없어지는 대낮.

하지만 성에 대해서 말하고 싶은 건 아니다.

확실히 에너지는 넘쳐 있었지만 내가 특별히 섹스에 소질이 있다고는 생각할 수 없다. 아마도 동기만 있다면 뭐라도 좋았을 거라고 생각한다.

다만 이제부터 처음 해보는 걸 시도하려 할 때의 그 강렬한 가슴의 울렁거림, 미칠 정도로 격렬한 욕정. 자신의 육체가 자신과 연결되어 있다는 걸 실감하기 위한 스위치를 누르기 위해서 그 정도로 굉장한 발산법은 없었을 것이다.

그러나 나는 간장이 나빠진 걸 계기로 그 모임에 가는 것을 그만두었다.

그것이 섹스로부터 멀어진 이유였다.

몸이 낫고 나서 나는 여사무원이 되어 착실히 일하고 있었다.

컴퓨터 프로그래밍을 하는 회사에 아버지의 소개로 들어갔다.

새로 사귄 친구와 이야기하고 있으면 〈어쩌면 난 다른 사람보다 섹스를 잘하는지도 몰라〉라는 생각이 들 때가 있었다. 당시는 푹 빠져 있어서 그런 걸 생각할 여유는 없었지만 무슨 일이든 많이 하면 할수록 깨닫게 되기도 하고 잘하게 되기도 하는 법이다. 어느새 나는 비슷한 또래의 아이가 아무리 놀아난다 해도 그런 이야기가 유치하게 느껴질 정도의 횟수와 장소를 자연스럽게 체험했다는 걸 알았다. 따라서 그것은 어느새 일종의 자신감으로 바뀌어 몸에 배어 있었을지도 모른다.

그러는 사이에 애인이 생겼다.

알게 된 것은 1년 전이고 만나서 한 달 만에 사귀기

시작했다.

우리의 만남은 마치 아름다운 그림과도 같았다.

그는 거래 회사의 사원이었고, 나이 차이가 많은 그의 형이 그 회사의 사장으로 취임한 직후였다.

1년 전의 7월, 그의 회사의 사장, 즉 그의 아버지가 죽었다. 나는 우리 부서를 대표해서 장례식에 참석했다.

장례식에서 그토록 감동한 적은 없다.

나는 그 사장을 잘 몰랐지만 얼마나 훌륭한 사람인가 하는 소문은 듣고 있었다. 그 회사의 사업이 대담하고 투명해서 얼마나 일하기 편한가에 대해서도 들은 적이 있다. 그런데 장례식에 온 사람들의 모습을 보니 그런 건 한눈에 알 수가 있었다.

〈아, 본래 이런 게 장례식이라는 거로구나〉 하고 나는 생각했다. 생전에 무슨 일이 있었더라도 모든 걸 잊고 그곳에 참석한 사람들 모두가 애도하고 애석해하며 진심으로 슬퍼하고 명복을 빌고 있다. 너무 아름다워 태어나서 꿋꿋이 살아가다가 죽어가는 인생이라는 것이 너무 멋있어 보인다. 바로 몇 시간 전에 죽은 사람도 그 사람과 관계가 있는 사람들도 모두가 용서를 받은 상태다.

품위 있는 화환, 정성이 깃들인 제물. 장엄한 독경. 한 사람 한 사람이 그곳에 있는 걸 정말로 소중히 여기며 하나가 되어 있다.

나는 그런 많은 에너지가 하나가 되기 위해서 맑은 흐름을 이루는 것을, 송구스러운 비유지만 무척 좋아하는 사람들과의 혼음의 장소에서밖에 본 적이 없었다.

차남인 그는 어머니 곁에서 시중을 들고 있었다.

죽은 사장의 부인은 나이가 꽤 들었는데도 마치 젊은 과부처럼 처연해 보였고, 품위 있게 억제된 슬픔은 상복을 입은 몸 전체에서 은은히 배어나와서, 사랑받았던 것도 죽음을 각오했던 것도 마치 아름다운 일인 것처럼 느끼게 했다.

그는 그림자처럼 어머니에게 붙어 있었고 두 사람의 상복은 찻잔의 유약처럼 두 사람의 박력 있는 슬픔과 결심의 문양을 채색하고 있었다.

나는 그 모습에 홀려서 분향하는 동안이나 출관할 때 오로지 두 사람과 둘을 둘러싸고 있는 어떤 아름다운 에너지의 흐름만을 보고 있었다. 고인의 일생을 찬미하기 위해서 사람들이 결집시킨 힘을.

너무 힐끔힐끔 바라보고 있었기 때문에 그가 나를 의식하고 있다는 건 상당히 일찍부터 알고 있었다. 눈이 마주칠 때마다 말을 걸고 싶어졌다.

나이가 비슷한 나에 비해서 그가 힘든 입장에 처해 있는 것에 대한 동정과 존경의 기분도 확실히 있었지만, 이토록 많은 사람들과 가족이 있어도 입장이나 정신 상태상 고독한 그에게 동조하고 그를 이해하고 있는 건 나뿐이라는 그런 느낌이 들었다. 아무리 많은 사람이 있어도 그런 사람들끼리는 서로 통한다. 붕 떠 있는 듯이 보인다. 그립고 친근하게 보인다.

그곳을 떠나며 어쩐지 헤어지기가 싫어서 가볍게 고개를 끄덕여 인사했다. 또 만나고 싶다고 진심으로 생각했다. 반드시 또 만날 수 있다고.

그대로 되었다. 얼마 후에 그에게서 전화가 걸려왔던 것이다.

「결혼을 생각해 주지 않을래?」

라는 말을 들은 것은 그의 방에서 밥을 먹은 후의 일이었다.

나는 곧바로,

「좋아」

하고 대답했다. 자연스러웠던 것이다.

그의 방은 강가의 2층에 있어서 창을 열어젖히면 강물 소리가 들린다. 창가에 서면 바람이 불어오고 약간 시궁창 냄새도 난다.

하지만 강물에 비치는 강 건너의 거리도 보이고 강 위에 떠 있는 달도 보인다.

처음에는 강가를 매일 지나갔다. 그의 집을 향해서 이제 돌이킬 수 없는 기분을 확인하듯이. 우리는 일주일에 한번밖에 만날 수 없었지만, 그래도 내가 한밤중에 자러 가는 일은 있었다. 이곳에서 출근하는 일이 많아졌다. 언제나 강물 소리를 듣고 있었다. 앞으로 앞으로 흘러가는 거야 하고 말하는 것처럼 들렸다. 크게 그리고 변함없이 들려서 우리의 사랑에 대해서 언제나 불안해했던 나를 안심시키는 자장가였다.

그가 젊은데도 너무나 큰 맨션의 넓은 방에 살고 있는 것에 당황했던 시기도 있었다. 물론 나도 양친 모두 건재하며 아버지는 중소기업이긴 하지만 사장이고, 동일계 진학을 보장받는 에스컬레이터식 여학교를 나왔으니 결코 귀한 집의 아가씨가 아니라고는 할 수 없지만, 뭐랄까 그 〈진정한 아름다움〉에 대해 타협하지 않는 감각, 아낌없는 진지한 탐구심이 나를 당황시켰던 것이다.

딱히 뭐라고 하기 힘든 〈그〉의 맛으로 통일되어서 그의 곁에서 오랜 세월을 보낸 세간, 식기. 만약 그것들이 그의 방이 아닌 다른 곳에 있었다면 〈얼마나 혐오스런 취미를 가진 사람인가〉 하고 생각하며 나는 도망쳤을 것이다.

하지만 그렇지 않아, 그런 사람이 아니었다.

이곳에서 지내는 동안, 창으로 보이는 풍경이 마음에 들어서 그가 이 방을 선택하게 되었다는 걸 깨닫게 되었다. 커다란 창. 그리고 강. 강이 이 방의 중심이다.

다이나믹한 경관은 창이라는 틀 속의 살아 있는 그림이다. 배가 간다. 거리에 불이 켜진다. 석양이 소리없이 다가온다. 강물 소리는 음악이다. 방을 채색한다.

그리고 마치 분재와도 같이, 강이 만들어낸 자연의 힘을 방에 가둔 건 그다. 그 생명력을 끌어들여, 맞버티는 힘을 실내 장식으로 생각해 냈다. 뭐가 어떻다는 것이 아니고, 일부러 만들어낸 것도 아니고, 그의 소유물과 이 방의 입지가 조화를 이루어 어떤 공간이 생겨났다. 그런 의도가 있고, 그런 의지를 느낀다. 이 방의 모든 것에 그가 존재한다.

그 점이 무엇보다도 나의 흥미를 끌었다.

나는 이곳에 살고 싶었다. 그와 그의 방과 거기에 생겨난 시간이 없는 공간을 탐구하고 그 일부분이 되고 싶었다. 창가에 서서 바람의 차가움까지도 전해져 오는 커다란 강의 그런 풍경 속에 섞이고 싶었다.

「그렇게 말해 줄 거라고 생각하고 있었어」

그는 말했다.

「하지만 있잖아, 결혼식에서 서로 사귀게 된 동기를 말할 때 신랑 아버지의 장례식에서 만나서 한눈에 반했습니다라고 해야 하는 걸까? 어쩐지 갑자기 불길해지는군」

「정말 그렇네. 하지만 모든 걸 사실대로 말하지 않아도 되는 모양이야. 친구 결혼식에 가보면 거짓말을 하는 경우가 많은걸」

「좋아. 그렇다면 부모님도 만나뵙고 정식으로 인사를 드리자. 언제쯤이 좋을까?」

그가 기뻐 보이는 것이 무엇보다도 기뻤다.

「내가 전화해서 물어볼게. 괜찮아, 절대로 반대하거나 하지 않을 테니까. 괴롭히지도 않을 테고」

나는 웃었다.

「문제없어. 애인이 있다고 말해 두었고, 이 나이에 애인이 있다는 건 결혼할 각오도 있다는 뜻일 테니까」

문제가 있다면 나에게, 그리고 내 인생에 결정적으로 뭔가가 결핍되어 있는 듯한 점이다. 무엇에든 무턱대고 온몸으로 뛰어드는데도 기본적으로 그 어느 것도 보거나 듣거나 살이 되게 할 수 없다. 그걸 나는 뭔가 아름다운 것으로 감추려고 해왔다.

말하자면 그게 취미라는 것은 아닐까?

그도 아마 나와 비슷한, 하지만 명백하게 다른 그 어떤 것이 결핍되어 있는 듯하다. 그래서 이 방은 나를 받아들였다고 생각한다. 그리고 그런 부부는 많이 있지만 무엇보다도 내가 그 점을 의식하고 있다는 것이 불안했다.

이 방은 나를 끝없이, 그리고 그저 무조건 용서하고 있다.

강이 흐르고 있기 때문이다.

어쩐지 안정이 안 되고 어쩐지 언제나 어두운 기분이 된다. 어딘지 머나먼 곳에 대한 생각만 한다.

식사를 하고 있어도, 옷을 갈아입고 있어도, 자고 있어도, 아침 햇살 속에서 커피를 마시고 있어도, 나도 모르게 물이 흐르는 소리를 생각하고 있다. 중요한 그 어떤 걸 잊고 있거나 후회해야 할 일이 있는 듯한 느낌이 든다.

나의 그런 점과 이 방과 이 풍경은 서로 겹쳐서 함께 호흡하고 있는 듯한 느낌이 들었다. 그와 창과 강.

나를 용서하는 것들.

「그런 굉장한 집에 시집 가도 괜찮겠니, 너?」

어머니가 말했다.

집에 돌아간 건 오랜만이었다.

생각대로 아버지는 별로 반대하지 않았다. 나에게는 언니가 한 명, 오빠가 한 명 있는데 모두 결혼했다. 익숙해져 버린 거다. 반대하지 않을 뿐만 아니라 그를 데리고 마작을 하러 나가버렸다.

어머니와 응접실에서 둘만 있게 되었다.

오빠와 올케는 누군가의 파티에 가서 아직 돌아오지 않았다. 정말로 우리 집은 그림에 그린 듯한 상류층의 밑바닥에 속하는 집이다. 모두가 각자 정확하게 그런 수

준에 맞는 생활을 하고 있다.

어째서 나만이 그런 생활을 하면서도 적응하지 못하게 되어버린 걸까?

어머니는 축하주라며 소중히 여기던 와인을 따주었다. 그리고 조금 취해서 그런 말을 처음으로 했다.

「괜찮아. 사업의 후계자도 아니고 말하자면 방탕한 아들이니까」

나는 말했다.

「전부터 어쩐지 그런 느낌이 들었었는데 너는 생각대로 가버리는구나」

어머니가 말했다.

「뭐가?」

나는 물었다.

「현실감이 없다고 할까, 항상 꿈을 꾸는 듯하다고 할까. 그러면서도 형제 중 그 누구보다도 쓰레기를 버린다든지 청소라든지 개 돌보기 따위를 싫어하지 않는 아이였지. 결혼은 좀더 현실적인 거라고 말하고 싶지만 아마도 어떻게든 해나가겠지. 게다가 말하기는 거북하지만 결혼 생활에는 돈이 어떻게든 해주는 부분이 많단다」

말하는 내용이 너무도 어머니다워서 정겨운 마음마저 들었다.

아버지는 바람을 피우지는 않았지만 도자기에 푹 빠져

서 재산을 날리거나 사기당하기를 거듭했다. 도자기가 없었다면 틀림없이 여자를 두었을 거라는 게 어머니의 지혜이자 의견이었다. 그래서 그럴 때도 아무런 말 참견도 하지 않았다.

그런 건 무척 세속적이며 더구나 상당히 진실에 가깝다. 돌아가신 그의 아버지와 비교해 보고 알게 되었는데, 아버지는 회사의 사장에 걸맞는 다이나믹한 성격이 아니라 섬세하고 너무 다정했다.

그런 사람이 중대한 결단을 내리기도 하고 타인의 수입을 좌우하기도 하고 있으니까 취미를 가질 수밖에 없는 거다.

취미, 어쩐지 이것이 모든 것의 키워드인 것처럼 여겨진다. 내 성장, 내 인생의.

「단단한 듯하면서 언제나 어딘가로 가버릴 듯이 어쩐지 불안한 건 강가에서 태어났기 때문인가?」

어머니가 말했다.

「어머? 누가?」

나는 물었다.

「너 말이야」

「나 도쿄의 병원에서 태어나지 않았어?」

나는 말했다. 언니랑 오빠는 같은 병원에서 태어난 걸 알고 있었다.

「아니야. 말 안 했었니?」

어머니는 말했다.

「넌 내 친정 옆의 작은 조산원에서 태어났어. 그 당시 아버지 사업이 잘 풀리지 않았고, 나와 아버지의 관계도 원만하지 않아서, 내 정신 상태가 불안정한 상태였기 때문에 해산할 때는 계속 친정으로 돌아가 있었단다. 친정은 강 옆에 있어서 내 방에서 밖을 보면 강과 제방이 잘 보였지. 그때까지는 오로지 집안일만 해서 여하튼 무척 지쳐 있었기 때문에 그곳에서는 어린 너를 안고서 계속 멍하니 강만 바라보고 지냈지. 반년쯤을 말이야. 그러는 사이에 아버지가 데리러 와서 돌아왔지만. 그때는 참으로 불안했었지」

나는 깜짝 놀랐다. 그래서 물었다.

「그런 일이 있었다니 전혀 몰랐어. 어머니, 그때 나를 안은 채로 강에 뛰어들려고 하지는 않았어?」

「그런 일은 없었다」

어머니는 소리 죽여 웃으며 티 한 점 없는 밝은 얼굴로 말했다.

「좀더 막연한 것만 생각하고 있었단다. 기력이 없는 만큼 멍하니 잡생각만 하고, 내 인생에서 그토록 한가로웠던 적은 없었을지도 몰라. 〈저 가지에 붙어 있는 빨간 꽃은 뭘까〉랄지, 〈항상 오는 저 할아버지는 무슨 생각을 하며 강의 수면을 바라보고 있는 걸까〉랄지. 소녀시절부터 계속 봐왔던 풍경이었기 때문에 어쩐지 어린애로 돌아간 것 같았지. 지금 생각하면 나에게 있어서 필요한 시간이었어. 그때가 그리운 마음조차 든단다」

〈수상하군〉 하고 나는 생각했다.

하지만 너무나 우아하게 그 당시의 일을 말하기 때문에, 그런 어머니의 모습이 너무 아름다워서 물어볼 생각이 들지 않았다.

약혼식, 이라는 기묘한 의식도 끝난 한겨울의 어느 날 밤, 나는 회사에 있었다. 저녁 다섯시를 지날 때쯤 해서 나에게 걸려온 전화를 내선으로 돌려주기에 받았다.

「아케미?」

여자 목소리가 나를 불렀다.

귀에 익은 목소리였다. 필사적으로 생각했다.

「결혼한다며?」

생각났다. 함께 방탕한 생활을 즐기던 시절의 친구로 무척 품위 있는 부인이었다.

「그래요」

나는 말했다.

「K한테서 들었어. 우연히. 그때의 멤버들과 만나고 있어?」

그녀는 말했다.

「몸이 망가져서 관계가 끊어졌어요」

나는 웃었다.

「체력이 자본인 세계니까」

그녀도 웃었다.

나는 초등학생이 중학생이 되어서 초등학생 시절의 친구하고는 놀지 않게 되듯이 예전의 친구하고는 별로 사이 좋게 지내지 않는 편이었다.

한꺼번에 여러 가지를 하는 것이 성가시기 때문이다. 특히 그 당시의 사람들은 그쪽에서도 창피해하기 때문에 마주쳐도 말을 걸지 않는 일이 많았다. 그래서 모임에 얼굴을 내밀지 않는 것으로 자연히 관계가 끊어졌다. 이상하게도 만나고 싶다는 생각도 들지 않았다.

하지만 그녀는 왠지 달랐다. 만일 그 멤버 중의 다른 사람한테서 전화가 걸려온다면 나는 잠자코 끊던지, 건성으로 대꾸만 하고 전화를 끊을 것이다.

하지만 나는 기뻤다.

우연히 스쳐 지나간 사람이나 마찬가지인 그녀가 기억하고 있고 신경을 써주었다는 사실이.

그녀는 멤버 중의 한 사람과 아는 사이였다. 처음 만났을 때, 〈조용하고 남의 시간을 방해하지 않고 무신경하지 않은 레즈비언〉은 없는지, 있다면 그녀가 지금 가

루이자와(輕井澤: 부유층의 별장 지대로 유명한 휴양지
——옮긴이)의 별장에서 혼자 침울해하고 있으니까 가주
지 않겠느냐는 멤버의 요구에 응해서 나는 단신으로 가
루이자와에 가서 처음으로 그녀를 만났던 것이다.

그녀하고는 일주일 동안 지내고, 그후에 바람을 피우
느라고 제대로 집에 오지 않는 그녀의 남편을 내팽개쳐
두고 둘이서 보름쯤 홋카이도(北海道)에 갔다.

그 일 이후로 처음으로 목소리를 듣는다. 5년 만이었다.

「어쨌든 축하해」

「고마워요」

「결혼하면 정말로 이제 그런 짓 하면 안 돼. 너에게는
말이야, 뭔가가 있어. 그 말을 꼭 하고 싶어서 걸었어」

그녀는 말했다.

「뭐죠, 그게?」

나는 물었다.

「이 사람하고 있으면 고민하지 않아도 돼. 그런 느낌
이라고나 할까. 어디에 가더라도 이 사람과 있으면 뭔가
새로운 것이 기다리고 있을 것 같은, 그런 뭐랄까. 기대
랄지 가능성 같은 것. 그때 홋카이도에 갔었잖아? 사실
은 그런 짓 하고 있을 기분이 아니었는데. 하지만 무척
재미있었어. 아케미에게는 〈아케미의 세계〉라는 것이 있
어서 결코 변하지 않아. 그래서 영화를 보듯이 그걸 보

고 있으면 안심이 됐고 재미있었어. 자신은 참가하지 않더라도 영화는 계속되는 거잖아? 사람을 끌어들이지. 놓치지 않을 정도로 강렬하게. 무의식중에」

그녀는 말을 골라가며 천천히 그렇게 말했다.

「그럼 나하고 있어도 행복해지지 않잖아요」

나는 말했다.

「행복이란 게 뭐지? 난 너와 여행을 해서 즐거웠어. 그보다 행복한 일이 있어? 영혼 속에 자극을 숨겨서 가지고 있다는 건 좋은 거야」

그녀는 말했다.

「그러니까 이제 그런 짓은 그만둬. 나이가 더 들고 나서는 멋있게 생각되지도 않고 에이즈에 걸릴 수도 있고 말이야. 그만두는 시기가 중요한 거야」

「고마워요」

「행복하기를 빌게」

전화는 끊겼다.

아마도 이제 두 번 다시 이야기할 일은 없다는 걸 서로 알고 있었다.

내 머릿속에서 그녀에 대한 추억은 선명하다.

그건 숲속에 세워져 있는 별장들 중에서도 눈에 띄는 건물로 작으면서도 화려하게 지어져 있었다.

처음 만났을 때 나를 품평하기보다는 마치 내 가치를 재기라도 하듯이 나를 응시했다.

문이 열리자 목욕 가운을 입은 그녀가 서 있었다. 나는 청바지에 가죽 재킷을 입었고, 며칠이나 머무르게 될지 몰라서 커다란 가방을 가지고 있었다. 지금도 애용하고 있는 루이비통의 초록색 가방으로 산 지 얼마 안 됐기 때문에 사용하고 싶어 안달이 나서 가지고 갔던 걸 뚜렷이 기억하고 있다.

생각보다 즐거운 체류였다.

어쩐지 걷잡을 수 없어서 안타까운 두 사람이었다.

그녀는 요리를 좋아했지만 솜씨가 없어서 간단한 술안주 같은 걸 오랜 시간을 들여서 천천히 만들었다. 동성애를 즐기려는 것보다도 그 시간, 그 분위기 자체를 그대로 즐기고 싶어하는, 부자에게는 종종 있는 타입이지만 매우 직감이 뛰어나고 아름다운 사람이었다.

난로의 사용 방법을 잘 모르는 그녀를 도와서 불을 피우고 검댕투성이가 되어서 작지만 고양이 다리같이 생긴 대리석 욕조에 들어갔다.

그리고 난로 앞에 나란히 앉아 위스키를 마시며, 별로 말을 하지 않은 채로 밤을 기다렸다.

그 기다림이 천박하지도 탐욕스럽지도 않고, 마치 매우 맑게 갠 아침에 아름다울 게 틀림없는 석양을 기다리듯이, 당연히 올 것에 대해서 대범한 멋진 시간이었다.

그녀가 뭔가에 상처를 받았다는 것과 휴식을 취하고 있다는 것이 그녀의 온몸에서 전해져 왔다.

낡은 레이스의 침대 커버를 살짝 벗겨내고 우리는 처음으로 함께 잤다. 〈틀림없이 예전에 그녀는 여기에서 남편에게 안겼겠지〉하는 생각을 했다. 품위 있고 한없이 계속되는 섹스였다. 어쩌면 침대에서의 행위에 관한 생각이랑 센스가 닮았는지도 모른다.

아침이 되었을 때 이미 10년쯤 둘이서 그 산 속에 있었던 것 같은 느낌이 들었다. 숲속의 나무 사이로 비치는 아침 햇살과 맑은 공기가 마음의 표면을 찌르듯이 사무쳤다. 어느 곳이고 전체적으로 포동포동 살이 쪄 축 늘어진 그 몸도 달콤한 냄새가 나서 좋았다.

오후에는 비디오 영화를 보고 밤에는 끝없이 계속했다.

그리고 뭘 하더라도 밤을 기다리고 있었다.

별로 말을 하지 않았고, 별로 웃지 않는데도 즐거웠다. 한없이 공기가 희박해져 그 부근 삼림의 푸른 하늘에 녹아버릴 듯한 느낌이 들었다. 홋카이도에 가지 않을래? 하는 말을 들었을 때도 이런 관계가 어디까지 계속되고 어떻게 되어갈지 알고 싶었다.

하지만 아무것도 변하지 않았다.

그녀는 매일 원했고 몇 번이고 절정에 달했다.

그리고 나를 정성껏 애무했다.

어느 날 홋카이도의 호텔로 남편한테서 전화가 와서, 〈이제 돌아가지 않으면 정말로 이혼이야〉라고 그녀가 말할 때까지 그건 계속되었다.

영화를 몇 편이나 봤고 시장에도 갔고 스키장에 가서 스키를 타기도 했다. 스키장의 산막에서 몸이 아프다면서 뜨거운 커피도 마셨다.

그래서 서운했다.

언젠가 그런 날이 올 게 분명했고, 또 도쿄에서 만나 정사를 거듭하기에는 그 동안이 너무 완벽한 나날이었다.

〈이런 일도 있는 거로구나〉 하고 나는 생각했다. 완벽해서 그 상태로 이제 끝날 수밖에 없는 것이.

밤의 하네다(羽田: 도쿄에 있는 국내선 전용 공항——옮긴이)에서 헤어졌다.

비행기 속에서도 거의 말을 할 수 없을 정도로 서운해서 나는 금방이라도 울 것만 같았다.

그녀는 선글라스를 끼고 있었지만 역시 곧 울 것 같았다. 헤어질 때 예쁜 꽃 모양의 두툼한 봉투를 주었다.

뒷모습이 택시 승강장으로 사라져가는 걸 보며 이제 만날 일도 없을 거라는 생각을 했다. 조금 전까지 같이 있으며 손을 잡기도 하고 키스를 하기도 하고, 팬티 속까지 알고 있었는데, 이제 없다.

쓸쓸했다.

봉투에는 현금 50만 엔과 가루이자와의 나무들 사이에서 웃으며 손을 흔드는 나와 햇빛과 푸른 하늘이 담긴 사진과, 또 한 장, 알몸으로 레모네이드를 마시며 침대 곁의 불빛으로 잡지를 읽는 나를 찍은 사진이 들어 있었다. 폴라로이드로 찍은 것이었다.

추억을 남기고 싶지 않았던 걸까, 증거를 남기고 싶지 않았던 걸까? 감상일까?

알 수가 없었다.

하지만 서글픈 사진이었다. 지금도 소중하게 간직하고 있다.

그러고 나서 얼마 후 회사를 그만둔 직후에 아오야마(靑山)에 있는 도토루(커피 체인점의 이름——옮긴이)에서 에스프레소의 L사이즈를 마시고 있을 때 K를 우연히 만나 깜짝 놀랐다.

운명의 흐름을 피부로 느꼈다. 뭔가가 시작되려고 하고 있다. 내 결혼을 향해서 과거가 조용히 꿈틀거리고 있다. 그렇게 직감했다.

약혼자의 집에는 에스프레소를 만드는 기계가 있어서 언제라도 진한 걸 마실 수 있었지만 나는 사무원 시절에 인이 밴 이곳의 옅은 커피를 마시고 싶어서 회사를 그만두었는데도 일부러 마시러 왔었다. 쇼핑하고 돌아가는 길로 오후 6시였다. 완전히 맥없이 멍하니 있었기 때문에 그런 거북한 상대가 걸어오고 있는데도 알아차리지 못했다. 하지만 혹시라도 결혼 전에 만나두고 싶은 사람이 있다고 한다면 그 사람뿐이었기 때문에 무의식중에 불러들인 듯한 느낌조차 들었다.

「아케미」

K는 갑자기 내 이름을 불렀다.

그 강한 눈빛을 보았을 때 나는 반사적으로 사람을 잘못 봤다고 속일 수가 없게 되어버렸다. 그런 의도가 뻔히 드러나 보이는 거짓말은 기세로 밀어붙이는 수밖에 없기 때문에 타이밍을 놓치면 무너져버린다.

「오랜만이야」

나는 말했다. 일부러 곤란해하는 표정을 지으며.

하지만 그는 개의치 않았다.

싱글벙글 웃으며 내 자리로 옮겨왔다.

「결혼한다더군」

그는 말했다.

「그 말을 퍼뜨리고 다니고 있지?」

나는 말했다.

「놀랐기 때문에 나도 모르게 그랬어. 나쁜 의도는 없어」

「지금은 뭘 하고 있지? 거품 경제 붕괴 후에는 말이야」

그는 예전에 스페인인가 어딘가의 액세서리와 골동품

을 수입하는 작은 회사를 운영하고 있었다. 억지를 부리지만 주머니 형편이 좋고 품위가 있어서 인기가 있었다. 그 회사가 망했다는 건 소문으로 듣고 있었다.

「지금? 여전히 비슷한 일이야. 심야에만 배달하는 양식 도시락집이지. 하지만 장사가 잘되고 있어. 일할 젊은 놈들도 넘치고 말이야. 나는 이제는 더 이상 관여하고 있지 않지만 처음에는 튀김에 대한 연구랄지 열심히 했었지」

「많은 일을 겪었구나」

「인생은 즐거워」

「모두들 어때?」

「에이즈에도 걸리지 않고 사이 좋게 지내고 있어」

「그래?」

「이런 말을 해서 안됐지만」

그는 말했다.

「그런 짓은 한번 빠져들면 완전히 빠져나올 수는 없는 거 아닐까? 특히 아케미 정도라면. 주말을 생각하며 대낮에 회사에서 축축해지곤 했잖아?」

「어느새 잊은 것 같아. 입원이 효과가 있었나?」

나는 말했다.

「항상 그랬지. 언제나 혼자서 아무렇지도 않은 얼굴을 하고. 〈그런 건 값싼 나르시시즘이야〉라고 생각했었지만 거기에 모이는 놈들과는 근본적으로 추구하는 것이 다른 지도 몰라」

「언제나 현재에만 흥미를 가지려고 하고 있는 거야」

나는 말했다.

「결혼이란 게 그렇게 좋을까? 가문이라는 게 얼마나 자신을 지켜줄까? 깨끗한 방이나 쾌적한 생활이 과연 모든 걸 대신할 수 있게 될까?」

그는 말했다. 빈정대는 게 아니라 솔직한 거다. 섹스를 할 때도 그런 성격이었던 것이 생각났다. 그리고 견딜 수 없는 그리움에 사로잡혔다. 갑자기 강렬하게 그때의 공기, 긴장된 기분이 나를 엄습해서 그대로 예전으로 되돌려놓은 순간이었다.

「하지만 말이야, 어린 시절로 돌아가서 유치원에 가고 싶다고 말해도 갈 수 없는 것과 마찬가지로 나로서는 돌아갈 수가 없어. 흥미가 없는걸, 섹스에 대해서 더 이상」

「그 정도의 정열과 체력을 쏟고는? 너 정도의 집중력을 가진 여자는 전에도 없었고 앞으로도 없을 거야」

「바로 그렇기 때문에, 원하던 걸 얻었으니까 이제 필요가 없어져 버린 거야. 이제 괜찮아. 하고 싶지 않은 건 하지 않는 것, 그게 뭐가 나쁘다는 거야? 그런 사람들 많이 있었잖아. 넌 사람의 그런 마음의 자유까지 이러쿵저러쿵 간섭할 정도로 센스가 없는 사람이었어?」

나는 말했다. 그에게는 어딘가 묘한 느낌이 있었다. 그것은 예전의 그에게서는 느낄 수 없었던 것이다. 부부 사이나 의사 앞에서밖에 보이지 않는 몸의 모든 부분을 많은 사람들에게 계속해서 드러내어 보이는 동안 어딘가 이상해졌는지도 모른다.

「아케미에게는 재능이 있었어. 나에게는 없었지만」

「무슨 재능? 섹스에 대한?」

나는 웃었다.

「아니, 살아가는 요령을 터득하는 재능 말이야. 시간이라는 것이 있어서 앞으로 나아가기를 좋아하는 재능이지. 솜씨는 좋아졌으면서 싫증이 나서 졸업한다고 하는 그런 거짓을 믿게 만드는 재능. 사람은 사실은 평생 비슷한 곳을 빙빙 돌고 있는 존재에 지나지 않는데도」

「그런 복잡한 이치는 잘 몰라」

나는 말했다.

「다만 마음속으로부터 그룹이라는 것에 싫증이 난 것 같아. 배타적이어서 새로운 인물은 합세해서 짓밟는, 그런 서로 짠 것 같은 시스템이. 우리는 한때는 분명히 아주 근사했지. 뭘 해도. 아무것도 두렵지 않았고 죽어도 좋다고 생각했었지. 한밤중도 대낮도 참 좋아했어. 하지만 그런 시기가 지나갔을 때 아주 정직하게 말하자면 재미가 없어진 거야. 디즈니랜드의 빅선더마운틴(도쿄 디즈니랜드에 있는 인기 놀이 기구 ──옮긴이)이라는 거 알아?」

「느닷없는 질문이로군. 모르겠는데」

「그걸 타고 저녁 하늘 밑의 비탈을 빙빙 돌며 내려올 때, 거기에 타고 있는 사람이 하나가 되는 걸 체험한 적이 있어. 일본인인데도 〈야호!〉라고 외치며, 〈아! 지바(디즈니랜드가 있는 지역 이름 ──옮긴이)까지 와서, 이곳에 들어와서, 이 맑게 갠 날에 이걸 타서 지금 정말로 즐거워〉라는 기분으로 말이야. 더구나 이 날, 이 시간, 두 번 다시 만나지 않을 이 사람들과 이러한 스피드를 즐기고 있다는 게 속절없이 느껴져서 말이야, 모두가 즐기는 일에 하나가 되었지. 그건 바로 딱 3분 동안이기 때문이야」

「그야 그렇지」

「그와 비슷한 느낌으로 그런 즐거움이 지나가면 어쩐지 거북해졌어. 도가 지나쳤기 때문일까?」

말을 하면 할수록 뭔가가 어긋나는 걸 느끼면서 계속 이야기했다. 이해해 주었으면 하는 욕망은 없었고, 그가 이해할 수 있도록 픽션을 이야기하고 있었다. 거짓은 아니라 할지라도 전혀 본심은 아니었다.

나는 잘익은 열매가 떨어지듯이 그곳을 떠나 강이 점점 흘러가는 것과 마찬가지로 지금에 이르렀을 뿐이었다. 어떤 이유도 붙일 수가 없는 세계다.

그러면 어째서 설명하려고 하는 걸까?

그건 아마도 그때의 그에 대한 경의에서 비롯된 것이리라.

미련,이라는 말로 바꿀 수도 있다. 그는 말했다.

「생각나? 그때의 자신이? 대단했지. 나는 언제나 흥분했지만 무서웠어. 아케미가 미쳤다고 생각한 적이 몇 번이나 있었지. 이 사람은 세상에서 가장 굶주려 있다고 말이야. 그 이후로도 많은 사람들을 봤어. 우리가 아는 사람이 한정되어 있기 때문이라고도 생각하고, 여러 가지 엄청난 이야기는 듣지만, 하지만 실제로 나는 그 정도의 절실함이나 광기를 접해 본 적이 없어. 그런 애가 결혼한다고 해서 그런 갈망을 잊을 수 있는 걸까?」

〈그러니까 다르단 말이야, 넌 어떤지 모르지만 그런 건 나에게는 조금 피곤한 정도로 대수롭지 않은 것이었다니까. 어린아이처럼 무언가 갖고 싶다고, 해보고 싶다고 생각하면 밤에 잠자는 것도 잊는 것뿐이야. 아마 용량이 근본적으로 달라서 넌 평생 그 사람들과 주말에 혼음을 거듭하는 것을 전혀 모순으로 느끼지 않는 타입이고, 나는 달라〉라고 생각했지만 제대로 표현할 수가 없었다. 그거야말로 재능이랄지 차별이라는 것과 관련이 있는, 뭔가 입 밖에 낼 수 없는 의미를 내포하고 있는 듯한 느낌이 들었다.

그는 그의 인생을 그에게 가능한 범위에서 즐기며 살아가고 있는 것이다. 비록 나이가 들어가면서 그것이 파탄을 초래하기 시작해 성격이나 말투에 묘한 그림자가 생긴 상태라 할지라도.

「너만은」

그는 말했다. 오늘 두번째의 〈너〉였다.

「방탕한 생활을 그만두고 결혼을 하는 그런 타입이 아니라고 생각했는데. 상당히 좋은 남자고 좋은 조건인가 보군」

그는 말했다.

건강이 나빠져, 이 사람들과 만나지 않게 되고 나서, 회사에 들어가서 한동안은 이상한 느낌이었다. 그리고 아마 신경이 지쳐 있었을 것이다. 피곤할 때나 귀찮은 회식을 할 때에 말을 하려고 하면 뺨이 약간 경직되는 증세가 반년쯤 없어지지 않았다.

성욕이란 식욕과 마찬가지로 죽을 정도로 먹으면 몸에 탈이 나는 것처럼 불균형으로 인한 부작용이 어딘가에 나타난다.

내가 점점 본래의 상태로 돌아오고, 보통 정도의 섹스를 하게 되고, 회사에 가서 동료와 점심을 먹기도 하고, 옷을 사기도 하고, 아침에 일어나고 밤에는 잠자고, 거칠어졌던 피부도 나아지고, 미칠 정도의 욕정에 사로잡히는 금단 증상도 없어지게 되어, 이 세상에서 아름답고 즐거운 건 섹스만이 아니로구나 하고 생각할 수 있도록 변해 가는 동안…… 그는 계속 그 멤버들이나 그들의 친구와 여러 곳에서 그런 걸 되풀이해 왔던 것이다.

그렇게 생각하자 소름이 끼치며, 〈아! 나는 다행이야. 타이밍을 잘 맞춘 거야〉 그렇게 생각했다. 〈틀림없이 신이란 존재하는 거야〉라는 생각까지 했다. 아슬아슬한 타이밍을 가르쳐준다.

헤어질 때, 「또 만나」 하고 서로 말했다. 하지만 이제 두 번 다시 만나지 않으리라고 생각했다. 도토루에서 우연히 만나는 것 외에는.

나도 널 무척 좋아했다.

늦가을의 골동품 거리를 거닐며 혼자서 그렇게 생각했다. 바람은 차고 코트 깃이 춤을 췄다. 건물 그림자는 어둡고, 이제 밝은 햇살이 비치는 일은 다시는 없을 것처럼 정적에 휩싸여 있었다.

너의 육체는 언제나 인간이라는 점 그 자체를 서글프게 여길 정도로 타인을 거부했고, 그리고 원하기도 했다. 다른 사람들에게는 없는 매력이 있어서 시간을 잊을 수가 있었다.

조금 더 네가 온화하고, 지치지 않았고, 품위 없는 말투를 쓰지 않고 다정하게 대해 주었다면, 어쩌면 지금쯤 우리는 어딘가로 자러 갔을지도 모른다. 그러고는 예전처럼 한 달이고 두 달이고 돌아오지 않고 어딘가에서 죽 방에 틀어박혀서 계속 그걸 하고 있었을지도 모른다. 모든 걸 잊고. 틀림없이 결혼도 못하게 되고 하더라도.

하지만 그런 걸 너는 알아차리지 못했다. 스스로는 알아차리지 못하더라도 너는 내내 버림받은 강아지처럼 고독과 굴욕감으로 쳐진 막에 둘러싸여 있는 것처럼 보였다. 이제 정말로 같은 장소에는 없는, 서로 통할 수 없는 사람인 것이다.

……그런 생각을 하면서 멍하니 걷고 있으려니 자전거가 스쳐 지나갔다. 뒤에 매단 작은 의자에 다섯 살쯤 되는 여자아이가 타고 있었다. 어머니가 필사적으로 페달을 밟고 있는 것에는 관심도 없이 그 아이는 멍하니 나를 바라보았다. 바람에 휘날려서 아직 가느다란 머리카락이 어둠 속에서 살랑살랑 흔들렸다. 그 아이는 매우 어른스러운 지친 표정을 하고 있었다. 뭔가를 걱정하고 있는 듯이, 모든 걸 내려다보고 있는 듯이.

아! 나도 이 정도밖에 안 되는구나.

라는 걸 나는 실감했다. 반성이 아니라.

사람들이 데려와서 지켜주고 돌봐주고 응석을 받아줘서 이 일본 안에서 평화에 젖어 있으면서, 나는 자신이 남 못지않게 살아가고 있고, 게다가 어딘가 뛰어나서 남보다 많은 걸 하고 있다고 생각한다. 섹스에 빠져 있었던 것 같으면서도 사실은 신원을 모르는 사람과 단독으로 관계를 맺는 모험은 하지 않았다.

그렇다고 해서 지금 곧 내가 아프리카로 가서 우물을 파면 되는 건 아니다. 그런 거라면 얼마나 좋을까.

나도 그도 변하지 않는다.

거리에 뒤섞여서 희망도 없이 살다가 죽고.

희망이 뭔지 모른다. 하지만 만일 그런 것이 번쩍번쩍, 반짝반짝거리며 어딘가에 손도 대지 않은 상태로 있다 할지라도, 그러한 기운을 감지할 수 없는 상태라는 것만은 안다. 이 거리에는 없고 길 가는 사람의 눈에도 없다. TV 속에도 백화점 안에도 아무래도 없는 것 같다. 그곳에서 난 성장해 왔던 것이다. 옆 테이블 사람들이 나누는 쥐어박고 싶어질 정도로 하잘것없는 잡담을 들으며.

과격한 섹스 속에 그것이 있다고 생각하며 그는 일상으로 그걸 끌어들여 인생의 무게에 용해되어 간다.

나는 그 점에 싫증이 나서 제단을 몇 개나 만들어서 그 속에 자신을 두려고 한다. 어느 쪽이 현명한 건지 모르지만 지금은 이대로 좋다는 생각이 든다. 하지만 같은 곳을 빙빙 돌고 있는 듯한 생각도 든다. 이러한 방황은 아마도 매우 호화로운 결혼식을 올리며 기쁨에 겨워서 우는 양친을 봐도, 출산해서 다른 곳에는 없는 자기만의 아이를 이 팔에 안더라도 사라지지 않을 것이다.

시대 탓일까, 자신의 성질 탓일까. 원래는 있던 것이 없어진 건지 잘 모르겠다. 때때로 이런 미로에 들어서면 모든 것이 머나먼 바깥 세상의 일로 여겨져 실감이나 기쁨이나 고통이 사라진다.

내 슬픔도 내 미학도 자그마한 모형 정원 속에서 전개될 뿐이다. ……얼마나 어중간한 존재인가.

끝없이 우울한 기분이 되었다.

아마도 과거의 망령이 최후의 힘을 발휘했던 것이리라. 어두운 통로로 휘말려든 것이다.

토요일 낮에 그의 집에 가려고 하고 있을 때 갑자기 벨이 울려 배달이라도 왔나 하고 현관으로 달려가 보니 웬일로 아버지가 서 있었다.

나는 깜짝 놀라서 아버지를 맞아들였다.

아버지가 어머니를 동반하지 않고 내 아파트를 찾아온다는 건 믿을 수 없는 일이었다.

「일이 있어서 나가려는 참이다. 밖에 차를 기다리게 했으니까 금방 돌아갈 거다」

아버지는 말했다.

예전에 아버지는 스포츠맨이어서 말랐었지만 나이가 들면서 살이 쪄서 무거워 보이는 몸으로 거실의 의자에 앉았다.

커다란 꾸러미를 안고 있었다.

「뭐야, 그게?」

나는 물었다.

「선물로 주려고 창고에서 골라왔단다. 도자기다. 비젠(備前: 도자기로 유명한 옛 지방 이름——옮긴이)식으로 구운 거지. 장식해 두지 말고 평상시에 사용하는 편이 좋을 거다」

아버지는 그렇게 말하고 보자기를 풀어 나무 상자를 열었다.

무겁고 커다란 그릇이 나왔다.

「고마워」

아버지 나름의 결혼 축하 선물을 갖다 주러 왔구나 하고 방문의 의미를 납득한 나는 기뻐서 미소를 지었다.

그리고 용건이 끝나자 이제 둘이서 이야기를 나눌 화제도 없어 틀림없이 곧 돌아가겠다는 말을 꺼낼 거라고 생각했는데 아버지는 계속 그곳에 앉아 있었다. 이상한 느낌이었다.

「뭔가 할 말이 있어?」

나는 말했다.

「응……」

아버지는 아직 망설이고 있었다.

「말해 두는 편이 좋은 건지 망설였는데」

「뭘? 무슨 일이야?」

나는 말했다.

「몰라도 되는 거라면 모르는 편이 좋을 것 같은 생각이 들어서 지금까지 화제에도 올리지 않았었는데 앞으로 살 곳이 바로…… 강가라는 말을 듣고 어쩐지 말하는 편이 좋을 듯한 생각이 자꾸 들어서 말이야」

「혹시 어머니에 관한 이야기야?」

나는 말했다. 어머니가 없는 장소에서 말할 수밖에 없기 때문에 여기로 온 것이라고 생각했다.

「그렇단다. 네가 태어났을 때의 일이다」

「아버지는 내가 다른 형제들과 같은 도쿄의 조산원에서 태어났다고 했지만 그건 거짓말이었지? 그건 어머니한테 들었어」

내가 말하자 아버지는 슬픈 표정을 지었다.

「네가 태어날 때쯤 해서 회사가 잘 안 됐지. 게다가 좋아하는 여자가 있었단다. 회사도 걷어치우고 그 사람과 함께 살려고 생각했지만 네 엄마의 정신 상태가 나빠지고, 너도 태어나고, 그래서 어수선한 사이에 그 사람과는 결국 끝나버렸지만 말이야」

「그 일을 어머니는 알고 있었어?」

나는 물었다.

「그래서 이상해진 거니까. 물론 알고 있었지」

아버지는 말했다.

여전히 슬픈 표정이었다. 내가 태어나고 나서는 가정을 가장 소중히 여기고 도자기에만 빠져 들어갔던 또 다른 이유를 알았다. 그리고 나에게 준비되어 있었을지도 모르는 또 하나의 인생도. 혹은 인생이 준비되어 있지 않았던 것도.

「네가 태어나고 나서 반년쯤은 너와 네 엄마는, 지금은 도쿄에 계시지만 당시는 강가에 사셨던 할머니 집에 있었단다. 그건 들었니?」

「응」

「생후 반년쯤 지나서 처음으로 네 얼굴을 보러 갔단다. 그때 집에 네 엄마는 없고 할머니가 웃으며 〈강에 있네〉 하고 말했지. 낮에는 항상 강에 있다고. 웃음 띤 얼굴이었지만 어쩐지 뭔가 할 말이 있는 듯한 모습이라 그냥 있을 수가 없어서 돌아오기를 기다리지 않고 곧바로 강 쪽으로 걸어갔단다. 그 강은 둑으로는 내려갈 수가 없고 급류를 내려다보는 형태로 큰 다리가 놓여 있었지. 차가 다닐 수 있을 정도의 넓이는 아니지만 큰 다리가. 그 난간에 기대서 네 엄마가 갓난아이인 너를 안고 있었다. 무척 무서운 광경이었지. 사람의 왕래는 없었지만 만일 누군가가 봤다면 무조건 말렸을 거라고 생각했다. 네 엄마는 너를 안은 채로 무의식중인 듯했지만 몸을 앞으로 쑥 내밀고 물결을 보고 있었단다. 너는 이미 몸 전체가 강물 바로 위에 있었지. 다가가서 말을 걸었더니 맞선에서 처음으로 만났을 때와 같이 젊고 웃음 띤 얼굴로 아무렇지도 않은 표정을 짓기에 안심했다. 그래서 잠시 너를 안아보고 뭔가 하찮은 이야기를 하고 있는데 갑자기 네 엄마가 입을 다물어버렸지. 〈왜 그러지?〉하고 물은 그 순간에 네 엄마는 착란을 일으켜 그저 소리만 질러대기 시작하더니 느닷없이 너를 강에 던져버렸단다. 물론 곧바로 뛰어내려서 널 구하러 갔단다. 다행히 떨어진 장소는 그렇게 깊지 않고 물살도 거의 없었기 때문에 너는 아무런 충격도 받지 않아서 병원에 데려갔을 때는 이미 웃고 있었지만, 네 엄마 쪽은 쇼크로 의식이 몽롱해졌고, 경직된 채로 아무런 반응도 보이지 않게 되어버렸지. 한참 후에 의식이 돌아와서는 너에게 사과를 하며 그저 울기만 했지. 그러고 나서 잠시 도쿄의 다른 병원에 입원했단다. 나도 많은 생각을 했다. 이래서는 안 되겠다고 생각해서 모든 걸 다시 시작하기로 하고 매일 병문안을 갔지. 그때 네 엄마는 병원에 입원할 정도로 지쳐 있었던 거랄지 어째서 그렇게 되었는가 하는 이유는 이미 알고 있었지만, 너를 강에 떨어뜨린 것만은 기억하지 못했단다. ……지금도 아마 기억 못할 거라고 생각한다. 추측이지만. 그 밖의 다른 점에서는 점점 회복되어 갔다. 그래서 곧 퇴원해서 예전과 같은 생활을 시작할 수 있었지. 새로이 너를 맞이해서 말이야. 우리 집이 원만하지 못했던 걸 네 오빠는 어렴풋이 기억하고 있을지도 모르지만, 네 언니는 아마 알 만한 나이가 아니었을 거다. 어쨌든 그 일은 네 할머니와 나만의 비밀이었단다.

어쩌면 그후로 너에게 그때의 영향이 나타날지도 모른다고 생각해서 병원에 상담을 하기도 했지만, 자라면서 물을 무서워하는 듯하지도 않았고 아무렇지도 않은 것 같아서 걱정하지 않았다. 결혼하게 되면 여러 가지 마음의 상처 중에서 숨어 있던 면도 나타나지 않을까 하는 생각이 들어서, 그럴 때 알고 있는 편이 좋은 부분도 있을 게 틀림없다고 판단했단다」

아버지는 말했다.

나는 놀라지 않았다.

단지 어렴풋이 알고 있던 걸 분명히 확인한 것 같은 안도감만이 점점 밀려왔다.

그 안도감은 대단한 기세로 밀려와, 한참 동안은 가슴이 벅차 괴로울 정도여서 나는 아무 말도 할 수가 없었다.

「충격을 받았니?」

하고 아버지는 말했다.

「아니. 지금 화목하지 않다면 그랬을지도 모르지만」

나는 말했다.

「내가 철이 들고 나서는 우리 집은 화목하게 지냈는걸」

「그렇지」

아버지는 안심한 표정으로 말했다.

「넌 결과적으로는 우리 집에 온 구원의 천사였지. 그 후로 사업은 다시 일어섰고, 그 일 이후로는 바람을 피워본 적이 없단다. 뭐랄까, 길을 잘못 들었던 시기였다고 할까」

마음의 상처는 있었을지도 모른다.

나는 생각했다.

하지만 나는 살아남을 수 있다.

그런 자신감이 언제고 그 어디에서고 있어서, 그거야말로 바로 그 숨겨진 사건으로 인해 내가 몸으로 터득한 것일지도 모른다.

아버지가 돌아가고 나서 나는 그릇을 안고 택시로 그의 방에 갔다.

「아버지가 주었는데 어때?」 하고 말하며 보여주자, 그런 아름다운 걸 매우 좋아하는 그는 기뻐하는 표정으로 「앞으로 둘이서 언제까지나 사용할 수 있겠군」 하고 말했다.

「조림을 담기도 하고, 비빔밥을 담아도 괜찮을 거야」 「이렇게 좋은 물건은 과감하게 평상시에 사용하고 싶어」 하고 그릇에 관해서 하잘것없는 이야기를 하고 있는 사이에, 조금 전에 아버지와 나누었던 이야기와, 그중에서도 강에 뛰어들려고 생각조차 한 적 없다며 웃던 어머니의 모습을 잊어버렸다.

혹시라도 내가 충격을 받았다고 한다면 그 점뿐이었기 때문이다. 바로 며칠 전에 웃고 있던 어머니의 얼굴.

그런 것이 뜨거운 차와 대화, 그리고 방의 밝은 빛에 뒤섞여서 사라진다.

그런 걸 하고 싶을 뿐이라고 생각했다.

아무런 상처도 받지 않고 자라나는 사람은 없다.

모두가 한번쯤 부모에게 결정적으로 거부당했던 걸 어디에선가 기억하고 있다. 예를 들면 뱃속에서 아직 눈도 뜨지 않았을 때. 말도 할 수 없을 때. 그래서 다시 한번 누군가가 자신의 부모가 되어주기를, 정말로 죽을 것만 같을 때에 물리적으로 공동 책임을 져주기를, 이치를 따지지 않고 그저 무턱대고 그런 것을 원하기 때문에 사람은 사람과 살려고 하는 거겠지.

밖에서 식사를 하고 돌아와서 그가 목욕을 하고 있는 동안 별 생각 없이 부엌의 왜건 위를 보니 한 통의 편지

봉투가 눈에 띄었다.

남의 편지 따위 볼 리가 없고, 게다가 여자 글씨가 아니었는데 어째서 주의 깊게 바라보게 되었는지 모르겠다.

하지만 수취인명을 쓰는 법이 뭔가 마음에 걸렸다.

그래서 반사적으로 내용을 보고야 말았다.

그런 짓은 태어나서 처음인데도 왠지 가책은 없고 보지 않으면 안 된다는 확신만이 있었다.

그 안에 편지는 없었다.

대신 사진이 몇 장 들어 있었다.

나는 그걸 보고 정말로 정신이 아찔해졌다.

그 안에는 예전의 나를 찍은 〈부끄러운 사진〉이 들어 있었던 것이다. 배경은 K의 방이거나 시내의 호텔, 나는 알몸이었고 물론 혼자가 아니었다. 심지어 어떤 사진에서는 둘만 있는 것이 아닌 것도 있었다. 네 사람도, 다섯 사람도, 혼자서 상대를 하고 있었다. 화장은 거의 지워졌고, 눈은 초점을 잃었고, 지금보다 약간 살이 찐, 하지만 틀림없는 내가 찍혀 있었다.

어머, 라는 게 멀리서 들려온 나의 첫 마디였다. 그리고, 누가 이런 걸 그에게 보내왔을까 하고 울화가 치밀었다. K일까, 하고 잠시 생각했지만, 겉봉이 K의 필적이 아닌 건 확실했다. 누군가 다른, 그때의 누군가가.

그 다음에 냉정하게, 그가 목욕을 마치고 나와 내게

작별 인사를 할까 어떨까 하는 생각을 했다. 식사 때는 그런 기색은 전혀 없었지만 아무 말도 하지 않고 이대로 결혼할 사람이 이 세상이 있으리라고는 생각할 수 없다.

하는 수 없어, 자신이 저지른 일이니까 하는 수 없지.

그렇게 생각했다. 곧 체념을 했다.

나는 일어나서 강에 면해 있는 창가에 앉아 어쨌든 마음을 가라앉히려고 생각했다.

그리고 사람을 둘러싸고 있는 눈에 보이지 않는 악의랄지, 기억에서 벗어나 있는 죽음에 대해서 생각하려고 했다. 하지만 밤의 강은 어둡고 무서울 정도로 빛나고 엄청난 속도로 흘러가고 있어서 어느새 멍하니 생각이 멈추어버렸다.

달이 새카만 하늘에 자그마한 빛을 발하며 차분히 가라앉은 거리에 마치 진주처럼 비치고 있었다.

창을 열자 저 밑에서 길을 걸어가는 사람들의 웃음소리가 희미하게 들려온다. 강의 소리도 물소리로서가 아니라 밤 그 자체가 소리를 내고 있는 것 같은 묘한 울림으로서 전달된다.

바람도 어디에서 왔는지, 어딘가 무척 먼 곳인지, 무척 가까운 곳인지 분간을 할 수 없을 정도로 자신을 송두리째 감싸고 있는 듯이 느껴진다. 두려울 정도의 현장감이었다.

그저 강만을 바라보며 그렇게 걸터앉아 있는데 그가 나왔다.

그는 눈에 익은 잠옷을 입고 웃으면서,

「먼저 해서 미안. 이제 목욕해」

하고 무서울 정도로 여느 때와 똑같이 말했다.

저 편지는 언제 왔을까 하는 생각이 문득 들었다. 나는 오늘일 거라고 믿고 있지만 어쩌면 지난주일지도 모르고, 지난달일지도 모른다. 잠자코 있으면 이대로 시간이 흘러갈지도 몰라…… 그렇게 생각했다. 하지만,

「무슨 일이 있었어?」

하고 그가 말했을 때, 나는 결심을 하고 말했다.

「저 왜건 위에 있는 편지, 언제 왔었어?」

그가 진지한 얼굴이 되었다.

언제나 부드러운 표정인 그의 얼굴에서 그토록 딱딱한 표정을 본 것은, 처음 만났던 날, 바로 그 장례식날 이후 처음이었다.

「지난주 토요일이었던가?」

그는 말했다.

「어째서 말해 주지 않았어?」

나는 말했다.

「무슨 말을 하란 말이야」

그는 말했다.

「헤어지자든지, 무리라든지, 경멸한다든지, 여러 가지」

나는 말했다.

「어쩌면 네 회사나 형님에게 폐를 끼칠지도 모르고」

「괜찮아」

그는 말했다.

나는 입을 다물었다. 어찌해야 좋을지 알 수가 없어졌기 때문이다.

그는 말했다.

「넌 어째서 결혼을 결정했지?」

「어쩐지 괜찮을 것 같은 느낌이 들어서」

나는 대답했다.

「그렇지? 나도 그랬어. 그런 건 이치로 따질 수 없는 거야」

그는 말했다.

「하지만 곤란한 일도 있을 거야……」

나는 말했다. 자신이 어떻게 하고 싶은 건지 잘 알 수가 없어졌다.

「우리 회사를 만약 내가 물려받았다면 어쩌면 아버지 때보다도 더 키울 수 있었을지도 몰라. 근거가 없는 자신이지만 그렇게 생각해. 형은 경영에 재능이 없다고 생각해. 유지는 가능하지만 새로운 일을 벌이는 건 불가능하지」

그는 말했다.

「하지만 나는 평생 평사원이라도 좋으니까 좋아하는 일을 하며 여유 있게 살고 싶어서 형에게 회사를 양보한 거야. 분규가 일어나서 대단했지. 인간이 한 명 죽으면 뒤처리가 무척 어려워. 특히 돈 문제가 얽히면. 그런 세계를 잘 알고 있는 셈이었고 각오는 하고 있었지만 질려 버렸어. 아버지는 사실은 나에게 물려주고 싶었던 것 같고, 그걸 알아차리고 나에게 예전부터 잘 보이려고 하는 놈도 많이 있었고, 형하고의 사이도 약간 멀어져 버렸고 말이야. 완전히 흥미가 없어져 버려서 유산을 조금 많이 받는 것으로 충분하지 않겠느냐는 주장을 했지만, 세상은 그런 게 아니라는 이야기를 몇 사람한테 몇 번을 들었는지 몰라.

더구나 이렇게 젊은 나이에 일을 할 의욕이 없다는 건 인간으로서 반은 끝나버린, 죽어 있는 형편없는 인간이라는 뜻이지. 스스로도 알고 있지만 이 시점에서 지금의 회사를 떠나지 못하는 것은 이미 어쩔 수가 없는 일이야. 이렇게 할 수밖에 없었던 거야. 젊은 퇴물로서, 야심도 없고, 하고 싶은 것도 없고, 비참하긴 하지만 어쩔 수 없어. 그런 정신 상태가 아버지가 쓰러지고 나서 죽 계속되었지. 부잣집에는 인정이 없어,라는 식의 한심한 이야기가 아니라 나 자신의 이야기야.

그런 가운데 하고 싶은 것이란 너와 다시 한번 만나고 싶다, 사귀고 싶다라는 것뿐이었어. 스스로도 한심한 인간이라는 생각이 들지만 사실이니까 하는 수 없지. 지금 와서 그만한 걸로 놀라지 않아. 그야 물론 최근의 사진이었다면 다르겠지만 아무리 봐도 옛날 것이고. 만일 그걸 보내온 놈이 지금 사진을 가지고 있다면 물론 효과를 기대해서 그쪽을 보내왔을 테니까, 최근에 네가 그런 생활을 하고 있지 않다는 건 생각해 보면 알 수 있고」

그는 설명을 많이 하지는 않았지만 그의 회사에서 이전의 사장이 쓰러지고 나서 어떤 일이 있었는지는 아직 내가 근무하고 있을 때에 회사 내의 소문으로 종종 들었다.

「실례의 말이지만 대개 한번만 같이 자면 상대가 어느 정도 경험이 있는지 알 수 있는 거야」 그는 말했다.

「알았어?」

나는 웃었다.

「알았지. 보통의 횟수는 아니라는 건. 처음에 알았지」

그는 말했다.

나는 정말로 할 말을 잃어, 세상은 내가 이것저것 생각을 하기 때문에 움직이는 것이 아니라, 커다란 소용돌이 속에 나도 이 사람도, 그리고 모든 사람이 있어서, 아무런 생각도 고민도 하지 않더라도 그냥 점점 흘러서는 올바른 위치로 흘러들어가는 건지도 모른다고 생각했다.

자신이 세계의 중심이라고 생각하고 있던 세계로부터 불과 한발짝을 벗어났던 순간이었다.

그건 환희도 실망도 아닌 느낌으로, 다만 지금까지 필요 이상의 근육을 사용하고 있던 걸 느슨하게 푼 것 같은 묘하게 불안한 기분이었다.

「그렇다면 여기에서 살게. 괜찮겠어?」

나는 말했다.

「괜찮지」

그는 말했다.

「사람을 보는 눈만은 제대로 키워왔지. 넌 재미있는 사람이야. 함께 있으면 영화를 보고 있는 듯한 느낌이 들지」

「그런 말은 다른 사람에게서도 들은 적이 있어」

나는 말했다.

「그야 물론 처음에는 놀랐고 보내온 놈에게 화도 났지만. 아름다운 사진이잖아. 몇 장이든 보내오라고 해」

그렇게 농담을 하며 그는 웃었다.

「자, 추워지니까 창문을 닫고 목욕이라도 하고 와」

나는 창문을 닫고 다시 한번 강을 내려다보았다.

강은 조금 전의 혼란과 불안을 머금은 경치와는 전혀 딴판으로 마치 영상 속에 갇혀버린 듯이 온화하면서도 힘있게 보였다. 부드럽고, 언제나 그곳에 있고, 안정된 상태로 흘러가는 일상처럼 조용했다.

대단해, 전혀 다르게 보이다니.

나는 생각했다.

내 마음가짐에 따라서 전혀 다르게.

그리고 어머니를 떠올리며, 어머니가 나를 안고서 보았던 수면이랄지, 아버지가 우리를 데리러 와서 녹음 속을 멀리서부터 걸어왔을 때의 기분, 그리고 기다리고 있는 건지 억울한 건지 어머니 자신도 알 수가 없었을 거라는 생각 등을 했다. 그걸 팔 안에서 느끼고 있었을 갓난아이였던 나에 대해서도. 화풀이로 나를 내던졌을 때 내가 빨려들어갔던 수면이 거칠게 보였는지 잔잔히 가라앉은 듯이 보였는지에 대해서도.

그리고 뭔가를 감춘다는 것과 명백하게 밝혀진다는 것의 의미를 생각했다.

그러는 중에, 강의 부름을 받았던 걸까 하는 생각이 문득 들었다.

나는 강에 뛰어들거나 하지 않지만, 결코.

하지만 강이 여기로 나를 불렀는지도 모른다.

눈에 보이지 않는 것, 악의, 상냥함, 아버지와 어머니가 잃은 것, 얻은 것, 내가 그 당시 무척 바라던 것. 그와 동등한 인력으로 이 창가로 나를.

그런 운명의 힘, 강이 가지고 있는 힘, 자연이나 건물이나 산들이 서로 연결되어 이 세상에 존재하는 것만으로 발산하는 힘이 어쩌면 있을지도 모른다. 그런 모든 것이 뒤섞이고 서로 이어져서 내가 이곳에 있고, 혼자가 아니고, 혼자서 결정할 수 있는 것도 아니며, 그렇게 살아왔고 앞으로도 살아갈 것이다. 그렇게 생각하니 마음 속에서 뭔가 반짝반짝 빛나는 걸 느꼈다.

이 창에서 아침에 보는 강의 수면, 마치 구깃구깃한 금박지가 몇만 장이나 흘러가는 것처럼 빛나고 있다.

그런 것과 비슷한 화사한 빛이었다.

어쩌면 옛날 사람은 이걸 희망이라고 불렀는지도 몰라, 하고 막연히 생각했다.

후 기

이 책에 수록되어 있는 소설은 거의 2년 정도의 기간 내에 씌어진 것입니다. 전부 〈시간〉과 〈치유〉, 〈숙명〉과 〈운명〉에 대한 소설입니다.

〈살아가는 건 지옥이다〉라는 것은 〈살아가는 건 천국이다〉와 똑같은 〈의미의 분량〉으로 대치할 수 있을 것 같은 생각이 듭니다. 어느 쪽이 좋다거나 나쁘다는 게 아니라 〈자신〉이라는 것에 대한 의식을 여하튼 계속해 가는 것, 그 자체에 천국이나 지옥과 같은 그 어떤 것이 생기는 겁니다. 바로 그러한, 계속해 가는 것에 대해서 표현하고 싶어서 썼습니다. 무거운 이야기나 종교에 대한 이야기가 많은 것은 그런 이유겠지요.

여기에 나오는 사람들은 모두 일반적으로 희망이라고 부르는 변화의 한발 앞에 서 있어, 갑자기 뭔가를 알게 되어서 잊고 있던 감각이 되살아나거나 지금까지는 없었던 어떤 행동력을 필요로 하는 시기에 있습니다. 그런 당혹감이랄지 정신적인 짐을 정리해 갈 때 느끼는 것과 비슷한 불안이나 산뜻해진 기분, 그런 것이 테마로 되어 있습니다.

작품에 대해서 조금 설명하겠습니다.

「나선」은 하라 마스미 씨의 문고본 「트로이의 달」에 해설로 썼던 단편입니다. 재수록을 기꺼이 허락해 주어 고맙습니다. 또한, 「신혼부부」는 국철의 나카즈리(전차 안의 중앙 통로 천장에 매단 광고——옮긴이) 소설로서 실제로 전차 안에 연재되어 하라 씨의 멋진 삽화와 함께 도쿄의 선로를 헤집고 다닌 것입니다.

또한, 이 중에서 「오카와바타 기담」은 타이츠라는 밴드의 히트곡 타이틀을 빌렸습니다. 이미지도 그 곡을 듣고 떠올린 것입니다. 작사, 작곡을 한 잇시키 스스무 씨에게 이 지면을 빌려서 감사드립니다. 고맙습니다.

이걸 쓰는 동안, 가까이에 있으면서 많은 격려와 조언을 해주신, 이 책에 관여한 모든 분, 대단히 고맙습니다.

이 책을 만드는 건 매우 즐거운 작업이었습니다. 그것도 모두 노고를 아끼지 않고 애써주신 신초사(新潮社)의

이마다 교지로(今田京二郎) 씨, 모치즈키 레이코(望月玲子) 씨 덕분입니다. 감사합니다.

또한, 내가 홋카이도에 출장간 사이에 몰래 집에서 자료를 빌려가서, 그 작품들을 모두 같이 보고 〈다나카로 정하자!〉〈다나카에게 겁시다!〉하고 경칭도 붙이지 않고 마음대로 결정하게 했던, 그 정도로 사람을 흥분시키는 정력적이고 멋있는 작품들을 만들어내는 다나카 히데키(田中英樹) 씨와 일을 할 수 있었던 것, 매우 기쁘게 생각합니다.

그리고 언제나 읽어주시기도 하고 편지를 써주시는 독자 여러분 감사합니다. 앞으로도 좋은 작품을 써나갈 수 있도록 노력하겠습니다.

부디 즐거운 나날을 보내십시오.

이른 봄, 어느 날 저녁, 사무실에서.
이제부터 소닉유스의 콘서트에 갑니다!

요시모토 바나나

마음의 상처를 치유하는 여섯 개의 변주곡

.

요시모토 바나나는 무라카미 하루키와 함께 1980년대 후반부터 일본 현대소설 독서시장의 인기를 양분하고 있는 작가이다. 1964년 일본 도쿄에서 저명한 문학평론가 요시모토 다카아키(吉本隆明)의 딸로 출생한 작가 요시모토 바나나는 1987년 제6회 〈카이엔(海燕)〉 신인문학상 수상작 「키친」을 출판하여 젊은 독자층의 압도적인 지지를 받았다.

데뷔작 「키친」이 엄청난 판매 부수를 기록했을 때만 해도 많은 평론가들은 그 성공의 지속성에 대해 미심쩍어하는 눈길을 보내며 애써 외면했다. 그러나 그들의 기우와는 달리 그녀가 발표한 후속 작품들은 한결같이 많은 독자를 모았고, 일본에서의 폭발적인 인기의 여세를 몰아 유럽 및 미국 등지에서 번역 출판된 그녀의 소설은 예상보다 호의적인 반응을 얻었다. 〈국제적〉인 감각을 지향하고자 하여 〈바나나〉라고 하는 성별 불명, 국적불명의 필명을 생각해 냈다고 하는 그녀는 이제 일본의 문단에서 독특한 위치를 차지하는 작가가 되었다.

요시모토 바나나의 소설에 대한 반응은 세대와 계층에 따라 상반된 양상을 보인다. 일반적으로 그녀의 소설에 대해 비판적인 입장을 견지하고 있는 것은 기성 세대에 속하는 평론가들이다. 일본의 근대 문학이 다져온 순수 문학의 규범에 충실한 그들의 비판은 바나나의 소설이 〈문학성〉의 측면에서 함량미달이라는 점에 쏠려 있으며, 특정 문화 공동체(예컨대 만화, 애니메이션, 유행음악 등 소녀 취향의 대중 문화)의 구성원들에 의한 국지적인 인기밖에 누리지 못한다는 점도 곧잘 지적된다.

그러나 요시모토 바나나나 무라카미 하루키 등 80년대 이후 각광을 받은 작가들의 작품을 전통적인 순수 문학의 정형화된 규범만으로 재단하고 평가하려는 것은 어쩌면 문제의 핵심에서 벗어난 일일지도 모른다. 왜냐하면 후기 산업사회의 진입과 더불어 비롯되는 사회, 문화적 환경의 변화는 문학의 유통 구조에도 반영될 수밖에 없기 때문이다. 오늘날 일본의 소설 독자의 대다수를 차지

하는 것이 20대 남녀이고, 그들이 한결같이 고도 성장기에 태어나 〈풍요로운 일본의 나〉를 구가하는 세대인 점을 감안한다면, 문학에 대한 독자들의 요구나 취향의 변화는 오히려 자연스러운 현상으로 받아들여져야 할 것이다.

요시모토 바나나의 소설은 일본의 순수문학이 기본 덕목으로 삼고 있던 엄숙주의의 대극에서 출발한다. 마치 정장을 벗어던지고 캐주얼웨어를 걸친 격이라고나 할까? 하루키처럼 세련된 느낌은 없지만 언제든 손을 뻗으면 힘들지 않게 닿을 것 같은 소박한 정서와 공통의 문화 기호를 동원한 〈편안한〉 화법으로 다가서는 바나나의 소설은 가히 편의점의 문학이라고 형용할 만하다.

일본에서 〈컨비니언스 스토어〉로 불리는 편의점이 곳곳에 들어서 젊은 세대의 소비 문화의 새로운 유형을 만들기 시작한 것은 80년 전후이다. 24시간 영업 방침하에 하루하루의 생활에 꼭 필요한 것만을 정갈히 갖춰놓은 이 신종 유통업은 10대나 20대 젊은 고객의 취향을 겨냥한 것이었고, 이제는 그들의 가장 보편적인 소비 공간으로 자리잡고 있다. 화려한 백화점의 격식과 규모에 주눅들 필요 없이 스스로가 필요로 하는 것을 언제든지 손쉽게 손에 넣을 수 있는 점이 편의점의 매력이라면, 요시모토 바나나의 〈편안한〉 소설 역시 편의점에 흡사한 미덕을 갖추고 있는 셈이다.

〈소설을 통해서 한 편의 영화를 보거나 좋은 노래를 들었을 때와 같은 감동을 전할 수 있다면…….〉 ── 요시모토 바나나에 의한 이 순진하리만치 소박한 출사표는 의미가 축소된 삶의 현실에서 소설의 역할과 기능에 대한 그녀 나름의 재정의로 볼 수 있을 것이다. 소녀 취향의 소박한 문학 세계는 문학의 신비로운 영기가 사라진 환경 아래서 이제까지 소설에 부여되어 왔던 기능과 역할 역시 축소될 수밖에 없다는 인식에 바탕을 두고 있다.

사실 요시모토 바나나의 소설은 독자들로 하여금 고전에 대한 교양이나 삶의 풍부한 경험 따위는 애초부터 요구하지 않는다. 같은 시대를 살아왔고 살아간다는 시대적(문화적) 동질감을 가지고 있으면 누구라도 그녀의 세계에 쉽사리 동참할 수 있다. 한 수필집의 후기에 보이는 〈열렬한 나의 독자와 진심으로 동시대를 살아가고 있다는 느낌을 함께 나눌 수 있다면 좋겠군요〉라는 언술은 그녀가 〈동시대〉라고 하는 주제를 자기 문학의 중심에 설정하고 있는 듯한 인상을 준다.

실제로 요시모토 바나나의 소설에 빈번히 등장하는 영화나, 만화, 유행가, 록 뮤직, TV 드라마 등과 같은 대중적 소재는 그러한 시대적 동질감을 환기하기 위한 가장 효과적인 장치로 사용되고 있다. 단편집 『도마뱀』의 마지막에 실린 「오카와바타 기담」은 그 전형을 보여준다. 타이츠라는 그룹의 노래 제목을 그대로 소설의 제목으로 차용한 작가는 그 곡을 들으며 떠오른 이미지를 바탕으로 작품을 썼노라고 후기에서 밝히고 있다. 〈어떠한 곡이든 내 마음속에 하나의 장면으로서 날씨나 감정 상태나 풍경이 융합된 하나의 이미지로서 숨쉬고 있다〉(「파인애플린」)고 말하는 작가에게 있어서 음악(특히 대중 음악)을 통해서 얻은 청각적인 이미지를 언어로 형상화하는 것은 단순히 소설 기법의 차원을 넘어 바나나 문학의 본질적 맥락에서 파악되어져야 할 듯하다.

요시모토 바나나의 소설에서는 오늘날 대중 문화의 꽃으로 재부상한 영화의 표현 기법의 원용도 어렵지 않게 찾아볼 수 있다. 예를 들면, 「오카와바타 기담」에서 금박지가 수만 장이 깔려 있는 듯이 반짝반짝 빛나는 강의 수면을 여주인공이 창가에 서서 내려다보는 마지막 장면은 그 전형을 보여준다. 또는 인물의 심리 묘사 부분에서 돌연히 풍경에 대한 묘사로 이행하는 예에서 보듯이 영화의 오버랩의 효과를 이용한 서사 기법도 작가가 즐겨 쓰는 방법 중의 하나이다(단 영화적 표현 기법의 사용은 무라카미 류나 하루키 등 일본 현대 작가들에게서 공통적으로 찾아볼 수 있는 현상이기도 하다).

그러나 대중 문화의 여러 영역 중에서 그녀의 문학이

가장 크게 의존하고 있는 것은 만화일 것이다. 주지하는 바와 같이 일본은 만화 및 애니메이션의 대국으로 군림하고 있다. 만화가 일본의 청소년(심지어 청·장년까지도)들에게 미치는 영향력은 거의 절대적이라 말할 수 있으며, 따라서 만화는 청소년들에게 있어서 성장을 위한 양식이라고까지 형용할 수 있다. 이렇게 보면 만화적 감각의 소설을 선보인 요시모토 바나나가 젊은 층의 압도적 지지를 끌어낸 것은 결코 우연이 아님을 알 수 있다. 「키친」 등 초기 작품에 두드러지게 드러난 것처럼 아마도 요시모토 바나나 문학의 혈통은 만화와의 쌍생아적 관계 속에서 파악하는 것이 타당할 것이다. 등장인물들이 주고 받는, 통어법에 얽매이지 않는 간결한 대화는 만화 컷의 말풍선 속에 고스란히 옮겨 담아도 추호의 생경함도 묻어나지 않는다. 여기에서 구체적 사례를 들어 논할 여유는 없지만 만화라는 장르의 특성상 특권적으로 사용되는 묘사나 서사 기법의 과감한 차용은 특히 초기 소설의 특징으로 지적할 수 있다. 또한 현실 공간에 오컬트적인 요소를 거리낌없이 도입한다든가 부자연스러울 정도로 과장된 이미지를 사용하는 점도 작가와 만화와의 혈통 관계를 짐작하게 하는 요소이다.

이러한 예에서 알 수 있듯이 요시모토 바나나는 자신의 문화적 근거를 대중문화의 토양에 두고 있다. 그녀의 등장과 성공의 배경은 일본문학을 둘러싼 내적, 외적 환경의 엄청난 변화 속에서 찾을 수밖에 없는 것이다.

　지금까지 우리나라에서도 『키친』을 비롯하여 『티티새』, 『N·P』 등 요시모토 바나나 작품의 상당수가 번역되었다. 이번에 번역하게 된 『도마뱀』은 1990년 12월에서 1993년 2월 사이에 발표한 단편들을 모아 1993년 4월에 신초사(新潮社)에서 출간한 단편집이다. 여섯 편의 단편들은 제각기 다른 지면에 발표된 것들이긴 하지만, 작가가 후기에서 밝히고 있듯이 〈시간〉과 〈치유〉, 〈운명〉과 〈숙명〉을 테마로 한 변주곡과 같은 느낌을 준다. 따라서 신초사에서 출간될 당시에 사용된 〈부드럽게 마음의 상처를 치유해 주는 여섯 개의 변주곡〉이란 광고 문구는 이 작품집에 대한 매우 적절한 수식이라 할 수 있다.
　단편집 『도마뱀』의 매력을 한마디로 말하자면, 일상의 틈새로 본 새로운 세계의 발견에 있다고 할 수 있다. 작가의 섬세한 감수성은 대개는 그냥 지나쳐 버리기 쉬운 것을 놓치지 않는다. 그럼으로 해서 절망에 빠진 사람들에게 위안을 주기도 하고 새로운 힘을 불어넣기도 한다. 예를 들면 「피와 물」에서 대단한 것처럼 보이지는 않지만, 가지고 있으면 상처받은 마음에 위안이 되고, 마음의 상처가 치유되는 듯한 신비한 힘이 느껴지는 아키라의 마스코트와 비슷한 매력을 그녀의 소설에서 발견할 수가 있다.

여섯 편의 소설에 나오는 인물들은 모두 나름대로 〈마음의 상처〉를 지니고 살아간다. 어린 시절에 경험한 가족의 붕괴, 또는 가정의 파괴로 인한 상처를 안고 살아가는 「도마뱀」이나 「오카와바타 기담」의 주인공들, 가족을 버린 죄책감 속에서 살아가는 「피와 물」의 여주인공, 혹은 사랑하는 남자의 가정을 파괴한 것에 대한 죄책감, 그리고 아내를 버린 것에 대한 죄책감 속에서 살아가는 「김치꿈」의 남녀 주인공들. 모두가 과거의 아픈 상처를 지닌 채 서로의 상처를 어루만져주며 살아가는 사람들이다. 결말에 이르면 초기 작품에서부터 그랬듯이 이 단편소설집의 인물들도 모두 상처를 딛고 일어선다. 상처가 치유되는 것이다. 「도마뱀」의 여주인공의 경우, 어렸을 때 어머니를 폭행한 자를 자기가 죽였다는 죄책감 속에서 살아가지만, 결국 망령처럼 따라다니던 그러한 상처의 치유에 성공한다. 마치 그녀가 문신으로 새겨 넣은 도마뱀이 위험한 상황에 처하면 꼬리를 자르고 도망치듯이 결국은 강인한 생명력으로 과거를 딛고 일어서는 것이다. 또한, 「피와 물」에서 메밀국수를 먹으러 외출하는 마지막 장면 역시, 아버지의 편지로 인해 가족을 버린 죄책감에서 벗어나게 된 여주인공의 상처의 치유와

재생을 상징하는 것으로 볼 수가 있다.

우리에게 낯익은 오에 겐자부로나 무라카미 하루키 등의 문학에서도 확인할 수 있는 바와 같이 내면의 상혼과 그 치유의 문제는 일본 현대문학의 공통적 주제 중의 하나이다. 요시모토 바나나도 다소 단조롭게 느껴질 만큼이나 치유의 주제를 반복해서 다뤄온 작가이다. 그녀의 작품에 아무렇지도 않게 끼여드는 초능력이나 오컬트의 세계는 대개의 경우 치유의 주제에 봉사하기 위한 것이다. 작가는 치유의 달성이라는 행복한 결말을 위해서는 애써 오컬트와 같은 만화적 세계를 끌어들이는 것을 주저하지 않는다.

또한, 단편집 『도마뱀』에서는 운명이나 숙명도 주요 테마 중의 하나다. 『도마뱀』을 읽다 보면, 우리는 인간의 삶을 지배하며 궤도 일탈을 수정하여 정상 궤도로 이끌어주는 초월적 섭리, 운명, 숙명에 대한 작가의 믿음을 도처에서 발견할 수가 있다.

어린 시절에 받은 마음의 상처로 인해 생긴 상실감을 채우고자 동성애와 그룹 섹스에 빠져 방황하던 아케미의 과거에 대한 매력적이고 꼼꼼한 묘사. 현실에 발을 헛딛은 사람들에 대해 비판하기보다는 따뜻하게 감싸주는 듯한 부드러운 필치. 「오카와바타 기담」에서 요시모토 바나나는 인생에서의 궤도 일탈은 일시적인 것으로, 시간의 경과와 더불어 자연스럽게 정상 궤도로의 복귀가 가능하다는 걸 섬세한 감각으로 묘사함으로 해서 인간의 삶을 지배하는 운명적인 힘을 표현하고자 노력한다.

「오카와바타 기담」에서 다루어진 주제가 상징적으로 표현된 작품이 「신혼부부」다. 이 작품은 작가의 후기에 의하면 지하철 천장에 매달아놓은 광고 형식으로 연재되었던 소설이라고 한다. 즉, 매일같이 다람쥐 쳇바퀴 돌듯이 출퇴근을 되풀이하며 규칙적으로 생활하는 사람들이 독자라는 걸 의식하고 쓴 소설인 것이다. 게다가 그 지하철 또한 다람쥐 쳇바퀴 돌듯이 도쿄의 중심부를 빙글빙글 도는 순환노선이다. 그러한 배경을 이해하고 나면 한 편의 연극과도 같은 이 작품의 매력은 배가한다. 주인공은 자신을 에워싸고 있는 굴레——현실적이고 틀에 박힌 진부한 삶을 사는 아내, 그런 아내가 있는 숨이 막힐 듯이 따분한 가정——에서 벗어나고 싶은 욕망이 일어 자기가 내려야 할 역을 지나치고 만다. 충동적으로 정상 궤도에서의 일탈을 시도한 것이다. 그리고 그는 미인으로 변신한 도시의 노숙자(궤도 이탈자)와 아내의 험담을 늘어놓으며 돌아갈 기색도 보이지 않았지만, 전차가 다시 자기가 내려야 할 역에 도착하자 결국 그때는 자진해서 내리고야 만다. 이처럼 「신혼부부」에는 인생이란 일시적인 일탈은 꿈꿀 수 있다 할지라도 완전한 일탈은 불가능한, 일정한 궤도를 달리는 순환 지하철과도 같은 것이라는 메시지와 그러한 운명이라는 굴레에 순응하며 살아가는 인간의 모습이 함축적으로 표현되어 있다.

끝으로, 요시모토 바나나의 독특한 문체에 대해 짚고 넘어가지 않을 수 없을 것이다. 이야기하듯이 전개되는 1인칭소설이 대부분인 그녀의 문장에는 독특한 리듬이 있다. 짧은 대화와 의미보다는 어감을 즐기는 듯한 나열어들. 신세대에게 친숙한(상대적으로 세대를 달리하는 사람들에게는 생경하기만 한) 표현들. 결코 격해지지 않으며 항상 일정한 거리를 유지하며 담담하게 이어지는 문장들. 「키친」에서 마카게의 할머니의 죽음에 대한 묘사에서 이미 그 독특성을 인정받은 문체다. 또한 독자의 잠재의식 속에 자리한 무수한 영상체험을 되살아나게 하는 듯한 문장들. 요시모토 바나나의 작품 번역의 애로점은 의미의 전달도 중요하지만 그러한 생명력 있는 문장의 독특한 리듬을 가능한 한 깨뜨리지 않아야 한다는 데 있다. 요시모토 바나나의 문장에서는 고정관념에서 벗어난 여러 가지 새로운 시도를 엿볼 수가 있다. 우선 문체의 혼합을 들 수 있다. 예를 들면 서술문에서 〈이다〉체가 느닷없이 〈입니다〉체로 바뀌는 경우가 종종 발견된다. 그로 인해 일정한 거리를 두고 객관적인 서술로서 읽어가던 독자는 순간 작가가 가까이 다가와 직접 말을 건네는 듯한 느낌을 가지게 된다. 그리고, 상식을 뒤엎는 줄바꾸기도 눈에 띈다. 문장 도중에서, 혹은 쉼표로 처리하기에는 너무 긴 상념의 중단, 방황, 망설임 등을 효과적으로 표현하고자 한 것이라고 생각된다.

또한, 의식의 흐름을 쫓아서 기술하다 보면 상식적인 문법의 틀이 무시당하기도 한다. 때로는 끝없이 이어지는 상념을 쉼표로서 계속 이어가다 보면 도중에 문장의 주체가 바뀌어버리는 경우도 종종 있다. 마치 머릿속으로 생각을 하거나, 혹은 누군가와 이야기를 할 때처럼, 요시모토 바나나는 소설의 문장도 반드시 문법 체계에 맞추어서 논리적이어야 할 필요는 없다고 생각하는 듯하다. 머릿속에서 생각하듯이, 혹은 이야기하듯이 써내려가는 그녀의 문장은, 논리적인 문장보다는 영화 속의 대화나 만화의 문장에 친숙해 있는 신세대 독자에게는 오히려 친근감이 느껴지는 문장으로서 큰 호응을 얻고 있다. 번역 과정에서 그러한 요시모토 바나나 특유의 서사 기법이 갖는 묘미를 되도록 살리기 위해서 더러는 약간의 어색함을 감수하면서까지 원문에 충실한 번역을 지향하였음을 밝혀둔다.

요시모토 바나나는 어느 인터뷰에서, 자신의 작품이 번역되는 것을 어떻게 생각하느냐는 질문에 대해서 그건 일종의 공동작업으로서 그로 인해 전 세계에 친구가 생기는 건 매우 즐거운 일이라고 대답했다. 『도마뱀』의 번역을 계기로 한국에도 요시모토 바나나의 친구가 많아졌으면 하는 것이 번역자로서의 소박한 바람이다.

1999년 1월

김옥희

옮긴이 **김옥희**

서강대학교 국어국문학과를 졸업했다. 일본 오차노미즈 여자대학교에서 일본문학 전공으로 석사 학위와 박사 학위를 받았다. 현재 한국체육대학교 교양과정 교수로 재직 중이다. 옮긴 책으로 『방과 후의 음표』, 『공주님』, 『상하이』, 『깨어나라고 인어는 노래한다』, 『신화, 인류 최고의 철학』 등이 있다.

도마뱀

1판 1쇄 펴냄 1999년 2월 6일
1판 34쇄 펴냄 2010년 6월 8일
2판 1쇄 찍음 2011년 2월 18일
2판 2쇄 펴냄 2018년 1월 18일

지은이 요시모토 바나나
옮긴이 김옥희
발행인 박근섭, 박상준
펴낸곳 (주)민음사

출판등록 1966. 5. 19. 제16-490호
주소   서울특별시 강남구 도산대로1길 62(신사동)
          강남출판문화센터 5층 (우편번호 06027)
대표전화 515-2000 | 팩시밀리 515-2007
홈페이지 www.minumsa.com

ISBN 978-89-374-0318-7 (03830)